RECHERCHES

SUR LA VIE

ET LES OUVRAGES

DE

PIERRE RICHER

DE BELLEVAL,

*FONDATEUR du jardin botanique donné
par HENRI IV à la faculté de médecine
de Montpellier en 1593 ;*

POUR fervir à l'hiftoire de cette Faculté ;
& à celle de la Botanique.

Erexit monumentum ære perenniùs.

A AVIGNON,

Chez JEAN-ALBERT JOLY, Imprimeur-Libraire,
près le Marché-Neuf.

M. DCC. LXXXVI.

AVERTISSEMENT.

LA société royale des sciences de Mont-pellier avoit proposé, pour le sujet du concours de l'année 1785, l'éloge de Pierre Richer de Belleval, fondateur du jardin royal botanique de Montpellier, sous Henri IV : sujet intéressant, naturellement lié avec l'histoire de la faculté de médecine de cette ville, plus lié encore avec l'histoire de la botanique. Cette compagnie savante auroit eu lieu de s'attendre à un grand concours, vu le nombre de botanistes qui sont sortis des écoles de Montpellier, & qui sont répandus dans tout le monde, si les auteurs avoient eu assez de matériaux à mettre en œuvre, si les écrits de Belleval avoient été moins rares, si l'éloignement des tems n'avoit effacé les circonstances de la vie privée du botaniste illustre dont il falloit honorer la mémoire. Dépourvus de ces secours, les auteurs ne se sont point empressés d'entrer au concours.

La société n'a pas cru pour cela devoir abandonner un sujet fait pour piquer d'autant plus la curiosité des gens de lettres, qu'ils sont moins dans le cas de trouver épars ce qu'ils desirent de voir rassemblé dans l'éloge de Richer de Belleval ; elle a prolongé le concours d'une année. Ce n'étoit peut-être pas assez encore.

Cependant les difficultés restant à peu près les mêmes, & la plupart étant insurmontables pour ceux qui ne sont plus à portée de prendre des renseignemens sur les lieux, j'ai cru faire une chose qui leur seroit agréable, en leur mettant sous les yeux mes recherches à ce sujet. On m'a persuadé que ce n'étoit pas assez d'en avoir mis le manuscrit entre les mains de plusieurs personnes : ceux qui seront intéressés à le lire, y trouveront le précis de bien desfaits qu'on avoit ignorés jusqu'à aujourd'hui, ou qui n'étoient pas

(v)

aſſez connus. J'ai éclairci pluſieurs époques ; en comparant les circonſtances, en vérifiant les dates, diſcutant, détruiſant quelques fauſſes opinions. J'ai rectifié les citations & les paſſages des auteurs qui avoient parlé de Belleval, de ſes ouvrages, & de l'établiſ-ſement qui doit l'immortaliſer, d'une ma-niere trop confuſe ou trop laconique. Je me ſuis étayé des manuſcrits, des actes, & au-tres pieces authentiques que j'ai pu recou-vrer, & dont je poſſede pluſieurs parmi une infinité de pieces qui regardent la faculté de médecine de Montpellier.

Pour donner un certain ordre à ces re-cherches, j'en ai formé deux parties ; l'une contient un diſcours ſuivi, ou un ſimple mémoire hiſtorique, ſervant de canevas à l'éloge de Belleval, comme auſſi à l'hiſtoire de la botanique dans l'univerſité de Mont-pellier, & dans toute la province de Lan-guedoc, Richer de Belleval y ayant été le promoteur de cette ſcience. L'autre partie renferme les remarques ou les preuves de ce que j'avance. Les pieces justificatives que j'ai dû citer, les critiques, les actes & les titres des époques de la vie de Belleval, de ses ouvrages, & des changemens arrivés au jardin du roi pendant près de deux siecles, toutes choses qui ne devoient pas être passées sous silence en faveur du lecteur qui cherchera à s'instruire, ont rendu nécessaire cette seconde partie. Ce qui fait la matiere des notes auroit répandu trop de langueur dans le discours en en interrompant le fil & en ramenant trop souvent des épisodes.

Je dois prévenir une objection qu'on pourroit me faire sur ce qu'après avoir exposé l'état où a été la botanique à Montpellier depuis Belleval & même avant lui, j'ai moins insisté sur son état présent, sur lequel il y avoit, je l'avoue, quelque chose à dire. Ce n'étoit pas là mon objet principal : cependant quelque délicat que fût à traiter ce seul point, je m'y suis livré avec *affez de retenue pour ne pas omettre ce qu'il y avoit de plus important à apprendre au public, & pour taire ce qui devoit refter inconnu ; cela m'auroit trop éloigné de mon fujet : d'ailleurs je ne me propofois point d'écrire l'hiftoire fuivie & critique du jardin du roi.*

En parlant fi fouvent de ce jardin, je n'ai pu qu'avoir auffi les occafions de faire mention des botaniftes qui en ont eu la direction après Belleval, & de quelques-uns de ceux qui y ont enfeigné par commiffion. C'eft un tribut de gloire qui ne pouvoit leur être refufé dans l'éloge même de celui qui avoit contribué à la leur faire acquérir. J'ai évité de placer ici le nom de tous les botaniftes actuellement exiftans à Montpellier, parce qu'il eft difficile, en parlant des perfonnes vivantes, de fe défendre d'une forte d'adulation qui femble être d'obligation ; elle n'entre point dans mon caractere. Il pourroit s'en trouver à qui nos louanges ne suffiroient pas : il ne nous appartient point d'apprécier leurs talens & de comparer leurs lumieres. Nous leur rendons à tous la justice de croire qu'ils font disposés à marcher dignement sur les traces de Belleval.

Puissent ces recherches être utiles à ceux qui les ont long-tems desirées ! puissent-elles agréer aux familles des savans qu'elles intéressent encore, & flatter le souvenir des médecins qui ont fréquenté le jardin de Montpellier pendant leurs études ! puissent-elles enfin encourager les concurrens à approfondir & à embellir ce sujet ! Je leur offre un fond de vérité, ils n'auront qu'à lui donner la forme.

RECHERCHES

RECHERCHES

SUR LA VIE ET LES OUVRAGES

DE

PIERRE RICHER DE BELLEVAL,

FONDATEUR du jardin botanique donné par HENRI IV à la faculté de médecine de Montpellier.

L'HISTOIRE des hommes célebres intéreſſe dans tous les tems, quelqu'éloigné que l'on ſoit de leur ſiecle; &, comme l'a dit le chancelier Bacon, l'hiſtoire des ſavans eſt l'hiſtoire du monde.

L'uſage établi depuis la fondation des académies de prononcer l'éloge des académiciens défunts, eſt une eſpece de récompenſe poſthume accordée à leurs travaux & à leur mérite. Cet uſage honore les ſavans, donne un certain luſtre aux corps littéraires, répand le goût des ſciences & les fait plus eſtimer.

La ſociété royale des ſciences de Montpellier s'y eſt conformée avec une exactitude dont la modeſtie & la vie retirée de quelques membres l'auroient à peine diſpenſée. L'amour des ſciences lui a fait porter ſes regards ſur des tems antérieurs à elle; elle a eu regret de n'avoir pas été dans le cas de rendre cet honneur à la mémoire d'un

A

homme qui en eût été fi digne. A ce qu'elle n'a pu faire par elle-même, elle tache d'y fuppléer, par l'invitation d'un de fes plus dignes membres, en excitant une émulation bien attrayante, celle de pouvoir mériter fon fuffrage. C'eft pour la première fois que cette académie fait rendre hommage à celui qui ne fut point académicien; c'eft plutôt un tribut de juftice que de louange, parce que Richer de Belleval fut favant & d'un rare mérite. Ce genre de gloire & les titres littéraires lui auroient été fans doute décernés, s'il eût exifté des académies de fon tems. Cette diftinction, qui n'a été que différée, fembloit lui être due enfin par les fages fes concitoyens : je dis fes concitoyens ; car, quoiqu'il ne fût pas natif de Montpellier, il avoit vraiment acquis le titre de citoyen, & de bon citoyen, après avoir paffé plus de trente années dans cette ville, pendant lefquelles il y exerça & enfeigna la médecine, après y avoir auffi attiré & fixé l'héritier de fon nom & de fes vertus, qui s'y font perpétués.

Pierre Richer (ou Richier) de Belleval étoit Champenois & de Châlons-fur-Marne. Nous n'avons aucune particularité fur fon éducation; mais les progrès rapides qu'il fit en arrivant en Languedoc, prouvent qu'il l'avoit reçue bonne ; & une bonne éducation annonce pour l'ordinaire une bonne naiffance, ou fupplée à cette efpece de hafard.

La réputation des écoles de Montpellier attira fans doute Richer de Belleval dans cette ville, foit qu'il y vînt dans l'intention d'exercer la médecine, foit qu'il voulût fe perfectionner dans un art dont il paroît qu'il avoit pris les grades ailleurs. (1) On pourroit fixer à peu près cette époque vers l'an 1590; nous l'inférons de celles qui vont fuivre.

Son titre de docteur étranger ne fut point un obftacle à fon avancement ; il avoit cela de commun avec plufieurs hommes de mérite pour qui les nouveaux grades ne font qu'une formalité. (2) André Dulaurens, qui parvint fucceffivement aux places les plus éminentes de médecin de la cour, le jugea très-digne d'être affocié à un corps qu'il illuftroit lui-même ; & la maniere dont il l'y introduifit n'eft pas moins honorable pour l'un que pour l'autre.

Il n'y avoit dans ce tems-là que quatre chaires ou régences dans la faculté de Montpellier, & aucune n'étoit vacante. Il y avoit même quatre docteurs aggrégés qui faifoient fuite avec les docteurs ou les profeffeurs en titre ; qui enfeignoient comme eux, & qui avoient de droit l'expectative des régences. Il parut tout fimple à Dulaurens de folliciter la création d'une cinquieme place qui réuniroit l'enfeignement de l'anatomie & de la botanique ; c'étoit l'approprier au goût & aux talens de Belleval, en même tems qu'elle augmenteroit les fecours pour les études de médecine. Cette innovation ne pouvoit nuire aux droits des prétendans ; elle pouvoit les augmenter par la fuite, & cette efpérance étoit flatteufe.

La création de cette cinquieme chaire fembloit ne devoir fouffrir aucune difficulté à caufe de la néceffité bien reconnue ; mais le fuffrage de Dulaurens, de quelque poids qu'il fût, (3) auroit pu être contrebalancé par cette divifion qui naît pour l'ordinaire de différens motifs dans une compagnie qui s'affocie un nouveau collegue, & que fomente la jaloufie des prétendans, fi la recommandation très-refpectable du duc de Montmorenci, maréchal de France, (fait connétable à cette même époque) & gouverneur de Languedoc, n'avoit décidé la

A 2

promotion en faveur de Richer de Belleval. Éh ! qu'on ne croie pas que la simple faveur eût toute la part à cette nomination extraordinaire : ce ne fut pas seulement l'effet de la protection d'un grand qui honore un client ; le duc de Montmorenci avoit reconnu d'une maniere non équivoque le mérite personnel de Belleval, dont le zele & le savoir en médecine l'avoient fait distinguer dans une épidémie contagieuse, qui, depuis peu, avoit affligé la ville de Pézenas, où le gouverneur faisoit alors sa résidence. Cette contagion s'y étoit communiquée par celle de Montpellier, qui fut si grave, qu'en moins de deux ans elle avoit emporté huit mille personnes : plusieurs autres villes s'en ressentirent aussi.

La chaire de médecine fut donc la juste récompense du service qu'avoit rendu l'habile & jeune médecin étranger durant cette calamité qui désola la province. Dans d'autres tems, pour s'être voué avec péril au service public, il eût reçu la couronne civique ; ses lettres - patentes émanées du trône furent ses lettres d'honneur & de naturalité ou de déclaration. L'édit en fut donné à Vernon au mois de décembre 1593, & il ne fut enrégistré au parlement de Languedoc, séant alors à Béziers, qu'en 1595. On ignore la raison de ce délai. Ne seroit-ce pas à cause des guerres civiles qui troubloient les fonctions des tribunaux de justice ? Ce n'est qu'une conjecture de ma part.

Cependant il manquoit à Belleval le titre de docteur en la faculté de médecine de Montpellier, pour pouvoir y gérer la chaire de professeur. Comme il en avoit tout l'acquis, il fut bientôt décoré de ce titre, qui est de rigueur, & il l'obtint avec plus de solemnité que de peine. Les registres portent qu'il fut reçu docteur le 20 avril 1596, (4) & la cérémonie de son installation suivit

Si l'on en croit les mémoires d'Aftruc, Richer de Belleval fut un objet de trouble dans la faculté; il fufcita quelques tracafferies, il s'attira lui-même des inquiétudes (5) de la part de fes collegues, plus jaloux fans doute de maintenir la difcipline des écoles, très-févere dans ce tems, que de foutenir la gloire de leur nouveau collegue. S'ils lui furent contraires, il trouva fes adverfaires dignes de lui, & ne fe rebuta pas. Belleval parut n'avoir qu'un feul but. Tout abforbé par la botanique, il ne fut occupé que du foin des plantes & de l'arrangement d'un vafte jardin dont il avoit tracé le plan, & qui ne faifoit que de naître. On lui reprocha de trop négliger l'un des objets de fa régence, & ce reproche étoit fondé. Il facrifioit à la démonftration des plantes les præleçons anatomiques, parce qu'il ne pouvoit partager fon tems. Ces deux fonctions font en effet bien peu compatibles, non pas précifément parce qu'elles roulent fur deux fciences différentes, mais parce qu'elles demandent chacune un homme tout entier. C'étoit pourtant l'obligation qui lui étoit impofée par les provifions de fa charge, & rien ne pouvoit l'en affranchir. Il auroit pu enfeigner l'anatomie par devoir, & la botanique par inclination. Des deux cours il céda au plus preffant; & felon fa maniere de voir, ce fut celui de botanique qui lui parut plus néceffaire, à caufe de la nouveauté; le profecteur anatomifte auroit abfolument fuffi à l'autre. Mais ce fut toujours une faute d'avoir accepté l'une de ces places, s'il n'étoit pas dans l'intention de la remplir. Ses foins affidus au jardin des fimples prévalurent cependant, & la faculté fuppléa par un autre profeffeur aux leçons anatomiques, laiffant ainfi Richer de Belleval fe livrer entiérement à fon goût pour les plantes, à ce penchant naturel qui fait les hommes fupérieurs en tout genre lorfqu'il n'eft pas contrarié. Cette forte in-clination étoit la preuve de fes grands talens & du defir d'augmenter fes connoiffances.

S'il nous eft permis de le dire, fans prétendre l'en juftifier entiérement, car on n'excufe point des torts qui tirent à conféquence, nous ne faurions blâmer Richer de Belleval dans tout ce qui parut en lui fi blâmable aux yeux de fes collegues & de fes contemporains. Chargé d'un cours pénible dont les préparatifs devoient le tenir en haleine pendant toute l'année, furchargé par le cours d'a-natomie, il avoit deux grands *penfums* à remplir, avec double gage à la vérité, tandis que les autres profeffeurs n'en avoient qu'un. Les foins pénibles que demandoient l'arrangement d'un jardin nou-vellement formé, l'attention continuelle qu'il falloit apporter pour le peupler, la recherche des plantes du pays par des herborifations fréquentes, le defir infatiable d'en procurer d'étrangeres, les voyages qui lui étoient ordonnés, la culture diverfe de ces mêmes plantes que perfonne n'a mieux entendue, travail énorme à qui lui feul pouvoit fuffire, & plus encore la peine que n'ont pas euë fes fuccef-feurs, d'inftruire & de dreffer à ce genre de travail des jardiniers pour qui tout étoit nouveau hormis les plantes potageres ; tous ces foins, dis-je, réunis & qui ne faifoient pourtant que l'acceffoire & le préliminaire de fes travaux particuliers, dirigés vers l'inftruction publique, devoient occuper fans relâche le profeffeur, & ne lui faire envifager que l'utilité de cet établiffement. Sa négligence pour le cours d'anatomie décele plutôt le vice de l'inftitution, que fa mauvaife volonté ou fon incapacité pour remplir les deux places. Si elles l'ont été quelque-fois dans la fuite fans inconvénient, c'eft qu'en effet les difficultés n'étoient plus les mêmes. Ainsi les foibles critiques qu'on a faites de cet homme si juſtement célebre, ne déprimeront jamais les louanges qui lui ſont dues. Son obſtination eſt excuſable par rapport au motif, ſon zele & ſes talens n'ont pas été aſſez loués.

Les ouvrages botaniques de Belleval, dont nous ferons bientôt mention, achevent de le diſculper de l'abandon qu'il fit des leçons anatomiques. Il ſe vit forcé, à cette occaſion, de céder une portion des émolumens & les gages royaux attachés à la place qu'il ne rempliſſoit pas, (6) en en conſervant ſeulement le titre; & ce ſacrifice lui permit de diſpoſer paiſiblement de tout ſon tems en ſe livrant aux plantes & à l'embelliſſement du jardin du roi, qu'il rendit bientôt fameux. Il ſemble que cette gloire tenoit de trop près à celle de l'univerſité de médecine, pour que ce corps à jamais célebre eût dû y prendre aſſez de part, en acquieſçant d'abord aux prétentions aſſez bien fondées du profeſſeur de botanique: ce qui auroit terminé bien des diſſentions, toujours déſagréables. Cependant Belleval, qui ne pût s'attirer la conſidération de ſes égaux, ſe chargea ſeul de ſa réputation, & dans ces circonſtances il pouvoit ſeul faire parler ſon mérite. Rarement entre collegues eſt-on prodigue d'éloges, plus rarement encore eſt-on diſpoſé dans les écoles publiques à remplir un devoir de ſurérogation, & l'on n'eſt que plus louable de le faire.

Le tems, qui rectifie les jugemens précipités des hommes, a laiſſé dans l'oubli ces conteſtations minutieuſes que nous avons été obligé de relever pour ne pas paroître trop partial, tandis qu'il a conſervé à Belleval une réputation qui ſera ineffaçable, & que nous ne ſaurions accroître. En le nommant, on se rappellera toujours, avec une sorte de respect mêlé de reconnoissance, les services qu'il a rendus aux sciences & à sa patrie.

La botanique étoit dans son aurore en France, Richer de Belleval en accéléra la lumiere. Il n'avoit été précédé que par Dalechamp, l'auteur de l'histoire générale des plantes, qui laissa des matériaux incomplets à Dumoulin, qui n'étoit pas en état de les mettre en ordre. Belleval fut le restaurateur de cette science dans les écoles de Montpellier. La célébrité du jardin royal se répandit bientôt avec le nom du professeur. Il n'est que trop ordinaire que les étrangers rendent plus de justice à un savant que ceux de son pays, qui s'attachent plutôt à ses défauts. Quelquefois les savans, comme les héros, perdent à être vus de trop près. Les étrangers qui venoient en foule pour entendre le professeur de botanique étoient ses admirateurs, ceux que sa science importunoit étoient ses zoïles.

Les fonds, considérables pour le tems, que le roi avoit assignés en 1598, pour la construction de ce jardin, n'étant pas sans doute suffisans pour son agrandissement, (7) ou Belleval ayant fixé par cet établissement unique l'attention & la bienveillance du roi, obtint l'espérance d'autres secours. (8) Son zele fut connu, son mérite avoué, ses envieux déconcertés par les nouveaux bienfaits & par les honneurs dont le meilleur des princes le combla. Ses intérêts étoient confondus avec ceux du jardin royal dont il avoit l'intendance & la direction ; il en faisoit une cause commune, tant l'amour pour les plantes & la gloire qu'il attachoit à cet établissement l'emportoient loin de lui-même ! Il suppléoit aux fonds qu'il n'avoit pas, & il s'engagea jusqu'à faire de grandes avances

qu'il ne recouvra jamais. (9) Le zele & le défin-
téreſſement ſont quelquefois liés étroitement lorſque par haſard ils ſe rencontrent ; mais ils ne vont
pas ſouvent enſemble.

C'eût été le plus noble uſage que Belleval eût
pu faire des bienfaits pécuniaires du roi, s'il les
avoit reçus à tems, que de les conſacrer à la
gloire du bienfaicteur & à l'inſtruction publique :
il donna l'exemple d'une généroſité bien plus rare,
& l'on ne s'étonna pas qu'il fût ſi généreux, parce
qu'on le croyoit ſans doute amplement récom-
penſé ; il ne le fut pourtant que modeſtement,
& ce n'étoit pas l'être aſſez pour qui en agiſſoit
avec tant de nobleſſe. Les bontés du roi lui tenoient lieu de tout. Sûr de mériter cette auguſte
protection, il triompha bientôt de ſes ennemis
qu'il réduiſit au ſilence.

Ce qui mit enfin le comble à la faveur dont il
jouiſſoit à la cour, c'eſt qu'il eut l'agrément de
déſigner ſon ſucceſſeur & de le former. Il eut le
pouvoir de faire tomber le choix ſur ſon neveu
Martin Richer de Belleval, (10) qu'il fit venir encore jeune de Blois. On ignore comment cette
famille étoit ainſi diſperſée ; le frere de notre Belleval avoit été ſans doute s'établir dans le Bléſois,
tandis qu'ils étoient originaires de Champagne.

Cette conſidération que s'attira Richer de Belleval au milieu des rumeurs de la faculté, n'eſt-
elle pas la conviction la plus complette de ſon
mérite perſonnel ? On préſuma qu'il le rendroit
héréditaire ; on lui accorda ſur le champ ſa demande. L'école & la ville gagnerent à cette ac-
quiſition. Le jeune Martin Richer ſe rendit auprès
de ſon oncle, qui lui tint lieu de pere & de maître : il devint à ſon tour ſon éleve le plus dévoué,
le plus chéri, & l'objet de ſes complaiſances.

Le candidat reçut le bonnet de docteur en 1621, (11) année où commencerent des troubles à jamais mémorables, par leurs suites funestes, dans les fastes de Montpellier. Moins de deux ans après le professeur de botanique eut la satisfaction de voir installer son éleve & son successeur, & ce fut une véritable consolation qu'il eut peu de tems avant sa mort, arrivée la même année 1623, que de remettre en de si bonnes mains un établissement qui lui avoit coûté tant de soins & de sollicitudes, qu'il avoit vu en proie à des barbares, qu'il avoit réparé, rétabli, & pour lequel il avoit consumé la plus grande partie de sa fortune, comme il le dit lui-même; lequel enfin éternisera sa mémoire.

Ainsi finit, âgé d'environ soixante-huit ans, (12) cet homme rare par son zele pour la botanique, célebre par l'institution du jardin royal de Montpellier, fameux par ses ouvrages, quoique jusqu'ici fort peu connus, & que nous allons tacher de faire connoître.

Mais n'oublions pas un trait qui acheve de peindre son caractere. Abandonnant ses propres armes, il en reçut des mains du roi d'assez singulieres, & que personne n'auroit pu lui disputer. On les voit encore sculptées en deux endroits du jardin royal avec cette légende : *Hæc nedit Henricus IV*. Elles portoient un fémur & un lys de vallée en sautoir ; armes vraiment médicinales & parlantes. Jamais la passion de la chevalerie n'en imagina de plus nobles & de plus caractéristiques. Mais cette devise scientifique ne pouvoit convenir qu'aux Belleval, professeurs en anatomie & en botanique.

A peine le jardin royal de Montpellier étoit en état d'être rendu public pour la démonstration des plantes, que Richer de Belleval fut jaloux d'en produire le catalogue ; ce fut son premier écrit.

Il le devoit à l'empreſſement de ſes éleves, & par reconnoiſſance envers le roi qui en agréa l'hommage. Tel fut le titre de ce petit livre, aſſez rare aujourd'hui, & le plus ancien monument des richeſſes botaniques de cette école.

O'NOMATOΛOΓIA. *Seu nomenclatura ſtirpium quæ in horto regio Monſpelienſi recens conſtructo coluntur. Richerio de Belleval, medico regio, anatomico & botanico profeſſore imperante. Monſpelii, apud Joannem Giletum.* 1598. In-12 de 76 pages non numérotées, tout compris. ʾ13)

L'épître dédicatoire au roi eſt remarquable par le dévouement de l'auteur au ſervice d'un ſi bon prince, auquel il préſente le plan de ſes travaux paſſés & de ceux à venir, pour ſe ſoumettre à ſes volontés. Le ſtyle clair, pur & orné de cette épître dont nous rapporterons quelques lambeaux, fait connoître un des talens du profeſſeur, & combien ſon enſeignement devoit être agréable & inſtructif. En remerciant le roi de l'établiſſement de la cinquieme chaire de médecine, dont il avoit été honoré, il lui dit : *Et mihi primo honorem ac provinciam ejus profeſſionis detuliſti, & ne quinto huic ordini quidquam deeſſe videretur, avia, rura, invia montium culmina, nemora, ſylvas, littora & celebriores quoſque hortos medicos diligenter ut perluſtrarem juſſiſti, & inde rariores plantas in hortum regio tuo nomine Monſpelii extruendum curarem deferendas. Utrumque illud tutius ut exequerer & majori cum dignitate exteras peragrarem regiones, me in medicorum tuorum numerum referre dignatus es. Imperata feci, hortum enim medicum regio tuo ſub nomine artificioſè extruendo pro imperio tuo curavi.*

Ce catalogue des plantes du jardin du roi, pris dans ſon origine, a de quoi ſurprendre par le

nombre & par la nature de celles dont on y
trouve l'énumération. Cette nomenclature toute
simple est un témoin irréfragable de l'activité avec
laquelle Belleval avoit meublé en si peu de tems
un jardin dont il avoit posé les fondemens. On
compte environ 1332 noms de plantes dans ce
catalogue disposé par ordre alphabétique, & le
plus convenable pour le tems. Cependant ce n'est
point sur ce nombre qu'il faudroit calculer celui
des especes réelles ; nous croyons qu'on pourroit
les réduire à douze cents, & rigoureusement à
mille, parce que je m'apperçois, 1°. que plusieurs
plantes s'y trouvent sous des noms différens ; ainsi
la *nicotiana* & le *petum*, qui ne font qu'une même
plante, y occupent deux places. Il en est de même
de l'*alypum* & de l'*herba terribilis*, de l'*acanthus*
& de la *branca ursina*, & ainsi de quelques autres. 2°. Plusieurs variétés accidentelles font encore
nombre dans cette nomenclature ; ainsi l'une est la
plante grande, l'autre la moyenne, une autre la
petite, & enfin la plus petite. 3°. Les individus
mâles & les individus femelles de quelques especes
à deux sexes, comme est le chanvre, font aussi
entrés en ligne de compte dans ce catalogue. Mais
le contracter jusques à sept cents plantes seulement,
comme il a plu à un savant de nos jours, (14) qui
n'a cru voir aucun changement dans le jardin de
Montpellier dans l'espace de cent soixante - cinq
ans qui s'est écoulé depuis la fondation de ce jardin
jusqu'à l'impression de son important ouvrage,
c'est apporter plus de sévérité que d'équité dans
la censure. Nous pourrions prouver, si c'étoit là
notre objet, que ce jardin a pu acquérir, perdre
& recouvrer en différens tems un nombre variable de plantes, qu'il ne fût jamais dans l'état
de dépouillement extrême où on l'a supposé si

gratuitement, & qu'il pourra toujours offrir aux connoisseurs ses anciennes richesses ou leur équivalent.

Je reviens à l'onomatologie de Richer de Belleval, qui, dans ces premiers tems, pouvoit passer pour un des plus riches inventaires en ce genre. Non-seulement les plantes d'usage & celles des environs de Montpellier y sont nommées d'après les autorités de Pline, de Mathiole, de Dalechamp, de Lobel & de Pena, de Dodoens, de l'Ecluse & de Fuchs; mais on y trouve beaucoup de celles qui appartiennent aux Gaules en général, quelques-unes de celles qui sont propres à la Provence, comme le *cartonraire* & le *tragacantha massiliensis*; plusieurs plantes alpines & pyrénéenes, même de plantes fort étrangeres, telles que l'*arundo saccharifera*, la *ferula galbanifera*, le *pappas indicum*, le *calceolus mariæ*: (15) enfin assez de ces plantes spécieuses que les curieux cultivent dans leurs jardins, & que Belleval s'étoit procurées à grands frais.

L'ordre alphabétique de ce livre nous laisse incertain sur celui qui régna en premier lieu dans le jardin. Nous verrons bientôt, par la disposition du local, quel pouvoit y être l'arrangement des plantes, le plus favorable aux plantes mêmes. Rien n'empêchoit Belleval d'adopter un autre ordre dans son catalogue que celui du jardin, parce que l'alphabétique est un des plus commodes qui a été long-tems suivi par les nomenclateurs. Magnol s'étoit conformé à cet usage, & Belleval est un des quarante-neuf auteurs que M. Adanson reconnoît pour avoir suivi cet ordre.

Le second écrit que publia Richer de Belleval, fut celui qui eut pour titre : *Dessein touchant la recherche des plantes du pays de Languedoc,*

dédié à meſſieurs les gens des trois états dudit
pays. A Montpellier , cheẑ Jean Gilet , 1605 ,
deux feuilles in-4°. avec cinq gravures ; 'auquel il
en ajouta bientôt un troiſieme , qui porte pour titre:
Remontrance & ſupplication au roi Henri IV ,
touchant la continuation de la recherche des plan-
tes de Languedoc & peuplement de ſon jardin de
Montpellier , feuille in-4° , avec trois gravures , &
ſans date.

Ces deux pieces fugitives ſont d'une rareté extrême : la plupart des bibliographes qui les ont
citées , ſe ſont copiés , ou en ont altéré le titre ;
& l'on peut inférer de leur ſilence ſur le contenu ,
qu'ils ne les ont point vués. (16) Ils auroient été
frappés de l'expreſſion naïve & touchante de celui
qui imploroit le ſecours du roi & des adminiſtra-
teurs de la province de Languedoc , pour être à
même de produire le fruit de ſes recherches.
Quand bien même ces opuſcules n'auroient pas
été autrement connus , leurs titres indiquent aſſez
leur objet. Belleval , toujours animé du même deſir
de raſſembler , dans le jardin royal , autant de
plantes qu'il feroit poſſible , principalement celles
que fourniſſoit la province de Languedoc , très-
fertile en ce genre , & dont la culture devenoit
plus facile ſous le beau climat de Montpellier , fit ſes
efforts pour obtenir des ſecours pécuniaires , tant
pour l'augmentation & l'entretien du jardin du
roi , que pour ſubvenir aux frais de ſes courſes
dans la province. Il préſenta donc ſes ſuppliques
avec de très - humbles inſtances au roi & aux
états ; car ſon but étoit le même , & l'expreſſion
auſſi énergique , pour qu'ils vouluſſent protéger &
favoriſer l'exécution de ſon projet , dont il offroit
un modele dans les gravures des plantes qui ac-
compagnoient ſes deux écrits. Son zele ne deman-

doit que des ordres & des moyens ; il reçut les uns, il manqua souvent des autres. Celui qui auroit dû être employé à faire des voyages dans les pays lointains pour les progrès de la botanique, eut à peine la liberté de parcourir la province la plus riche en ce genre.

La collection ou la connoissance d'un grand nombre de plantes peut bien n'avoir pas son utilité pour tout le monde ; mais elle est nécessaire pour un botaniste de profession, & pour un dépôt public qui devient comme le grand magasin qui fournit les échantillons des productions naturelles de la nation & le raccourci de la nature végétante. Belleval connoissoit mieux que personne jusques où se portoient les richesses botaniques de cette province. En effet, nul autre en France peut offrir autant de végétaux d'especes différentes. A ne citer seulement que la généralité de Montpellier, les climats y sont si variés depuis la côte maritime qui est à son midi jusqu'à cette chaîne de hautes montagnes des Cevenes (17) & du Vivarois, qui sont une continuation des Alpes dauphinoises, qu'on trouve dans cette étendue de pays une infinité de plantes curieuses & utiles, dont plusieurs demandent des températures extrêmes. Les plantes cotoneuses & seches des sables maritimes, les plantes succulentes des marais & des étangs, les arbustes & les aromatiques des garrigues, les plantes qui pullulent fièrement dans les champs & dans les prairies basses au regret du cultivateur, les plantules qu'entourent la mousse & le gazon dans les bois ; enfin les subalpines qui ne se montrent que sur les grandes élévations quand la neige cesse de les couvrir, forment cette série de végétaux que la nature a dispersés avec une profusion & une variété admirable sur la surface du globe,

& qui fe trouvent rapprochés en fi grand nombre
dans la fertile province de Languedoc. (18)

La Gaule narbonnoife & le territoire de Montpellier en particulier avoient déja fixé l'attention
des plus habiles botaniftes qui avoient précédé
Belleval (19) dans cette noble carriere. Dalechamp,
Lobel & Pena, Clufius ou de l'Eclufe, les deux
Bauhins, (20) Cherler, Strobelberger, &c. avoient
parcouru ce beau pays, & avoient furnommé
plufieurs plantes d'après leurs domiciles, noms
qu'on leur a religieufement confervé, quoiqu'on les
trouve pour la plupart répandues ailleurs.

· Les premiers qui ont été à la découverte des
plantes de leur patrie, & qui les ont décrites ou
repréfentées par des figures, ont fait autant que
ceux qui ont paffé les mers pour connoître les
productions de l'autre hémifphere. On leur doit
compte de leurs courfes, de leurs peines & de
leur tems ; & fi les herborifations, dans fa province, font moins périlleufes, elles font fouvent
plus utiles ; elles n'expofent pas moins à de fatigues & à de contre-tems. Mais que dis-je, les
fatigues des botaniftes font prefque toujours tem-
pérées par le doux plaifir de la découverte. Dans
leurs courfes, les botaniftes ne s'attendent pas à
trouver fur leurs pas des protecteurs pour en obtenir des faveurs, des titres, des penfions ; mais
c'eft une efpece de fortune pour eux que de pouvoir annoncer une plante inconnue, ou mal déter-
minée avant eux ; & cette forte de gloire eft la
récompenfe dont leur zele fe contente, & dont
on les laiffe volontiers jouir. D'ailleurs il n'eft pas
indifférent pour eux de voir des plantes dans leur
fite naturel ; on fait que la culture les rend varia-
bles & fouvent méconnoiffables. Il femble qu'on
ait à s'applaudir d'être difpenfé de faire des courfes
pénibles

pénibles quand on peut fe repofer fur les recherches exactes de fes prédéceffeurs , & qu'on a plus
de loifir à étudier les plantes dans les herbiers ,
dans les livres , ou à l'ombre d'un jardin.

Non, la botanique n'eft pas une fcience féden-
taire : on l'a dit ; & ceux qui la pratiquent avec
le plus de connoiffance, en font pleinement per-
fuadés. On diroit que ce qui diftrait dans les autres
fciences, fert le plus à approfondir celle-ci. L'étude
du cabinet ne fert que de récapitulation & de con-
frontation aux obfervations faites à la campagne.
La nature ne perd point de fes droits, elle veut
être confultée dans fon fanctuaire ; & dans ce fens
on pourroit dire avec vérité que les plus habiles
botaniftes font ceux qui ont le plus couru, parce
que ce font ceux qui ont le plus vu. Nous dirons
même qu'il faut avoir fait des courfes fréquentes
pour avoir fait fes premieres preuves de botanifte.
Et pour ce qui eft d'un profeffeur en titre, il doit
connoître la topographie des plantes de fon pays ,
comme un lieutenant de police ou un commiffaire
doit favoir comment font habitées les rues de fa
ville , & les événemens qui fe paffent dans fon
quartier.

Les courfes & les voyages botaniques étoient
entrés dans le plan d'inftitution du jardin du roi ,
pour l'alimenter & l'entretenir dans fa fplendeur.
Après avoir parcouru chaque diocefe, Belleval s'é-
toit propofé de gravir les Pyrénées & d'en fuivre
la longue chaîne, de pourfuivre enfuite jufqu'en
Italie. Ce fut apparemment la difcontinuation de
ces voyages favans, qu'il follicitoit avec tant d'em-
preffement auprès du roi, & pardevant les états
de Languedoc, qui fufpendit la publicité de fon
dernier ouvrage, qui devoit être le plus important
& le plus inftructif. On doute même fi l'auteur

avoit mis cet ouvrage en état de paroître, quoiqu'il s'en occupât depuis long-tems. On n'en connoît que les gravures en cuivre, qui pouvoient
paſſer alors pour parfaites, qu'on eſtime encore,
& qu'on doit beaucoup regretter de n'avoir pas
en entier. Ceux qui ont parlé de cette partie de
l'ouvrage de Belleval, l'ont fait avec éloge; (21)
mais peu ont vu ces planches, parce qu'elles ne
furent pas tirées. Il s'en eſt répandu quatre ou cinq
exemplaires ſeulement, ſur leſquels nous pouvons
donner quelques renſeignemens. Meſſieurs Chicoyneau, Niſſole, Fournier, de Sauvages & Gouan
ont poſſédé ce recueil de planches. Le haſard en
fit tomber les cuivres tous neufs, il y a environ
une douzaine d'années, entre les mains de M. Gilibert, docteur en médecine de la faculté de
Montpellier & agrégé au college de Lyon, avan-
tageuſement connu par divers ouvrages de médecine & de botanique, & par le motif d'un voyage
fait en Lithuanie, où il a reſté neuf ans, attiré
par les bienfaits du roi de Pologne, pour y fonder
la premiere école de médecine qui fait partie de
l'univerſité de Wilna, ainſi qu'un beau jardin botanique. M. Gilibert, nanti de cent quatre-vingt
cinq cuivres des plantes de Belleval, ſe propoſoit,
comme nous l'avons appris de lui-même, de ré-
parer ceux qui étoient perdus, (on en a reconnu
juſqu'à deux cents ſoixante-un) (22) de faire graver
de nouvelles plantes, & de les publier par décuries
avec la nomenclature linnéene; &, comme ſi c'é-
toit un ſort attaché à cet ouvrage de Belleval,
M. Gilibert ayant quitté la Pologne pour fuir la
malice de ſes envieux, a laiſſé ſa bibliotheque &
ſon cabinet d'hiſtoire naturelle que le roi a acquis
pour l'univerſité de Wilna; les cuivres de Belleval
ont reſté parmi cinq cents qui ont fait partie de

cette vente. Telle eſt la malheureuſe fortune de la partie eſſentielle d'un ouvrage qui devoit être conſacré à la poſtérité, & que trop d'indifférence a laiſſé paſſer en des mains étrangeres.

Il ſemble qu'un même deſtin, auſſi fatal, nous ait privé des deux principaux ouvrages dont s'é-toient occupés avec tant d'ardeur les deux premiers botaniſtes royaux qu'il y ait eu en France. Gui de la Broſſe avoit formé un recueil des plantes du jardin de Paris, gravées *in-folio*, avec beaucoup de magnificence. Il n'en reſte que quarante-cinq planches, dont Meſſieurs Vaillant & Antoine de Juſſieu, qui les avoient ſauvées d'une perte entiere, firent tirer ſeulement un très-petit nombre d'exem-plaires. Mais cette perte commune ne ſauroit nous conſoler de celle que nous faiſons en particulier ; elle augmente au contraire nos regrets ſur le ſort des travaux des grands hommes lorſqu'ils reſtent dans l'oubli. Ce ſeroit véritablement les augmen-ter, que de relever la beauté & le mérite des planches de Belleval. Que de ſoin, que de dé-penſe n'avoient-elles pas dû coûter à ſon auteur !

L'ouvrage de Belleval auroit contenu la deſcrip-tion, les propriétés & les figures des plantes qu'on cultivoit au jardin du roi, principalement celles de la province de Languedoc, & dont l'auteur avoit déja donné en partie le catalogue. C'eſt ce qu'il laiſſe à entendre dans cette épître au roi que nous avons citée, où il ajoute ces paroles remar-bles: *Illarum verò deſcriptionem, temperiem & facultates brevi in lucem emiſſurus, ſi per tuam majeſtatem inceptam montium Pyrenæorum pe-ragrationem abſolvero......* C'eſt ce qu'il répete encore dans ſon *deſſein* touchant la recherche des plantes, adreſſé aux états de la province, lorſqu'il leur dit : » J'eſpere, dans quelques années, mettre en lumiere , fous votre autorité , le titre de l'herbier général du pays de Languedoc, fi je fuis fecouru. «

Quel étoit l'ordre & le plan que l'auteur s'étoit propofé de fuivre dans cet ouvrage ? auroit-ce été celui du jardin lui-même , ou bien celui de certaines affinités que les anciens remarquoient dans la maniere d'être des plantes, dans leur port, dans leur naturel, dans leur habitation ? Je penfe que Belleval fe feroit déterminé pour ce dernier ordre, felon lequel il avoit difpofé, autant qu'il l'avoit pu, les plantes cultivées dans le jardin royal. Il femble s'en expliquer dans fa *remontrance* & *fupplication* au roi, en lui difant : » J'efpere , fous l'autorité de votre majefté , & le titre des herborifations royales de Montpellier , en dreffer une lifte enrichie de figures & narré, qui fera diverfifié par la diverfité des lieux, en commençant par les montagnes de votre baronnie de Merues , lieu fi fertile & heureux en plantes rares exquifes, qu'il en a le nom de l'*Hort-Dieu* , comme qui diroit Jardin de Dieu ; & ce fut pour donner une idée de l'exécution de fes figures de plantes , qu'il en ajouta trois à cette efpece de placet au roi , des mêmes qu'il préfenta aux états de Languedoc.

Belleval auroit pu fans doute imaginer & bâtir un fyftême , fi le goût en eût prévalu alors. L'exemple de Cœfalpin, l'inventeur des méthodes botaniques , n'avoit pas encore été fuivi. Les noms grecs fort expreffifs qu'il fit graver au haut de chaque planche , font une autre preuve de la variété de fes connoiffances. La langue grecque étoit familiere aux favans des fiecles précédens, & l'on ne leur en faifoit prefque pas compte. Mais les noms defcriptifs qu'employa notre botanifte , font époque dans la fcience qu'il avoit embraffée.

Je croirois, s'il étoit permis de conjecturer d'après quelques indices, que cet ouvrage auroit eu la plus grande conformité avec le *specimen historiæ plantarum* de Renéaume, qui parut en 1611, à Paris, in-4°. avec figures. Je ne sais qui des deux en auroit fourni la premiere idée, quoique le travail incomplet de Belleval ait été devancé par le petit essai du docteur Renéaume, qui passe pour être le premier qui ait rassemblé les especes sous certains genres, & qui ait assigné des caracteres naturels. Telle étoit sa maniere descriptive : la dénomination grecque ou latine de la plante, son étymologie, la description de sa forme ; & à cette occasion il est fait mention du tems de la floraison & du lieu qu'elle habite ; enfin ses propriétés & la représentation par une bonne figure. Cette maniere de décrire, bien supérieure à celle d'un ordre systématique, a fait un nom à plus d'un botaniste qui l'a suivie pour quelques plantes. Toutes celles d'un jardin public, parmi lesquelles il en étoit de rares & de nouvelles, étant décrites de même & figurées, auroient alors formé un ouvrage unique ; ce qui seroit presque superflu aujourd'hui. Le même honneur en est resté à son auteur que s'il avoit exécuté son plan, parce qu'il étoit en état de le conduire à sa perfection ; il en avoit donné suffisamment les preuves.

J'ai laissé Richer de Belleval pour parler de ses ouvrages, qui n'ont été que l'esquisse de son savoir ; je dois à présent m'occuper plus particuliérement du monument qui éternisera sa mémoire. La construction du jardin du roi à Montpellier est, pour ainsi dire, l'enfant, ou plutôt le chef-d'œuvre de son génie, qui n'eut point de modele, & qui le devint dans la suite sans être surpassé. (23)

Ce jardin, situé dans l'ancien fauxbourg Saint-Jacques ou Saint-Jaume, en occupoit, avec ses

acceſſoires , une très-grande partie. Il reçut des
accroiſſemens ſucceſſifs. L'enceinte, telle qu'elle eſt
aujourd'hui quoique irréguliere, peut avoir environ
1070 pas de circuit ; & le jardin de la reine , ſé-
paré du premier par une voie publique , & auquel
on parvient par un arceau couvert & contigu à
l'appartement du profeſſeur-intendant , eſt un carré-
long d'environ cinq cents vingt pas de tour , lequel
avoit encore anciennement iſſue dans un champ
qui étoit de la même dépendance. Une ſi grande
ſurface de terrein avoit préſenté à l'ingénieux Belleval toutes les expoſitions, tous les aſpects , les
élévations, les abaiſſemens, les abris néceſſaires
pour les différens naturels des plantes. Il avoit ſu
profiter des heureuſes diſpoſitions de ce local , ou
plutôt il les y avoit ménagées. Il y avoit pratiqué
avec beaucoup d'art le domicile des plantes , ſelon
qu'elles avoient appartenu à des climats froids ou
chauds, ſelon qu'elles demandoient un ſol humide
ou ſec, ſelon qu'il leur falloit de l'ombre ou un ciel
ouvert, ſelon qu'elles aimoient à être careſſées par
le vent ou abritées , ſelon qu'on devoit leur laiſſer
une aire libre, ou les reſſerrer en paliſſade , &c.

Cet ordre admirable & fort ſimple contribuoit
infiniment à la bonne culture & à la conſervation
des plantes, à l'inculture même de celles qui ſont
agreſtes. Des monticules , des enfoncemens , des
allées baſſes , un tertre alongé, qu'on nomme encore la montagne , entouré de cinq rangs de banquettes en amphitéatre , un labyrinthe deſcendant
par gradation & aſſez profondément ſous le niveau
du ſol, aboutiſſant à un réſervoir de ſource pour
les plantes aquatiques , néceſſaire auſſi pour abreu-
ver les uligineuſes & celles des lieux frais qui
étoient entretenues dans une banquette en rampe,
qui ſuivoit le pourtour de cette eſpece de jardin

souterrein ; tout cela , dis-je , formoit un ensemble
de compartimens , dont chacun avoit son utilité
propre , & où l'on imitoit encore chaque qualité
de terrein. Une vaste pépiniere , de petits jardins
entrecoupés par des murailles servoient à l'appro-
visionnement de l'école botanique , tant pour les
arbres & les arbustes , que pour les plantes her-
bacées. Avec de telles précautions on n'est jamais
au dépourvu. Un parterre & des allées en tout sens
décoroient enfin ce beau jardin consacré à l'utilité
publique , & qui devenoit même agréable pour
ceux qui ne s'y montroient qu'en passant. On a
depuis trop sacrifié à l'agrément en rétrecissant
l'habitation des plantes.

Enfin un puits à roue ou à chapelet , élevé sur
un tertre qui dominoit tout le terrein , & dont le
rouage étoit mu par une mule (24) selon l'usage du
pays , fournissoit l'eau par-tout où il en étoit be-
soin ; & long-tems après il servit à arroser toutes
les plattes-bandes du jardin , au moyen d'un réser-
voir & des rigoles qui subsistent encore.

Le bâtiment étoit assez considérable & bien di-
visé. Les appartemens étoient distribués d'une maniere convenable pour le professeur-intendant , pour
les jardiniers & autres personnes qui tenoient à cet
établissement , auquel on avoit accordé jusques une
chapelle. Il est à présumer aussi qu'il y avoit un
lieu destiné aux expériences , peut-être à l'analyse
des plantes , ou à la composition des remedes , &
dont les ruines sont encore appellées la chymie. (25)

Nous déduisons cette ancienne disposition du
jardin royal de Montpellier qui a souffert différentes
révolutions , de ce qui en reste & qui parle aux
yeux , d'une tradition transmise , qui a passé de
pere en fils parmi ceux qui ont vécu dans ce jardin , (26) de certaines inscriptions encore éparses ,

B 4

& aujourd'hui déplacées ; enfin de l'ordre tracé par
Richer de Belleval lui-même, comme il l'annonce
au roi dans cette épître dédicatoire que je ne me
lasse point de citer, parce qu'elle peint le caractere
& les grandes vues de cet homme louable en tout
ce qu'il fit, & jusques dans ce qu'il avoit dessein
de faire.

En parlant de la disposition qu'il a donnée au
jardin, il s'exprime ainsi : *Hortum..... artificiosè
extruendum pro imperio tuo curavi : plures enim
funt in eo areæ, variis solis aspectibus oppositæ :
monticulus est ad austrum nec non aquilonem
vergens, loca illic funt aspera, saxosa, fabulosa,
aprica, umbrosa, uda, uliginosa & pinguia ;
habet etiam dumeta, palustria & aquatica in qui-
bus fœliciter adolescunt plantæ, frutices, subfru-
tices & arbores, (27) ut ex sequenti nomenclatura
licet. [colligere]*

Rien ne prouve qu'il y eût une serre chaude
dans ce jardin. La circonstance des tems la rendoit moins nécessaire. On avoit alors plus à cœur
les plantes du pays que les exotiques : c'est en effet
le premier soin qu'on doit prendre dans un jardin
médicinal que de les y rassembler, & ce doit être
là la richesse fonciere. Les abris pratiqués avec
intelligence, & une espece d'hangard converti aujourd'hui en orangerie, étoient sans doute toute la
ressource qu'on avoit pour conserver, pendant la
rigueur de l'hiver, les plantes les plus délicates.
Eh ! qu'on ne s'étonne pas de ce retard à s'être
procuré une forte d'étuve pour les plantes frileu-
ses ; le jardin du roi, fondé à Paris en 1626,
n'obtint la premiere serre chaude qu'en 1714, par
les soins de M. Vaillant, & à la sollicitation de M.
Fagon, premier médecin. La seconde serre chaude, plus grande, ne fut construite qu'en 1717. (28)

Celle de Montpellier date depuis une quarantaine
d'années.

 Il ne reste point, que je sache, de plan figu-
ratif & gravé, point de relation, ni de description
qui nous mette en état de juger exactement du
premier ordre suivi dans ce jardin, & des changemens qu'il a subis. Nous sommes pourtant comme
assuré que Belleval auroit orné de quelques planches la description qu'il préparoit de ce jardin (29)
avec celle des plantes. Je dois avouer cependant
qu'il m'a été communiqué un plan lavé, sans date,
(30) qui, s'il ne représente pas le jardin de Montpellier dans son premier état, nous le trace au
moins dans le second, qui suivit les malheurs de
la cruelle guerre civile qui ravagea la ville & la
province. La grande allée plantée en marronniers
d'inde, & qui sert aujourd'hui de promenade publique, est marquée sur ce plan comme étant le
lieu où l'on avoit rassemblé les plantes d'usage dans
la médecine ; & à cet effet elle a été long-tems
appellée le *Médical*. La premiere allée basse qui
suit à gauche étoit le jardin des plantes odorifé-
rantes & de celles en umbelle. Ce qu'on nomme
la montagne étoit en effet le domicile où l'on avoit
établi les plantes qui se plaisent sur les montagnes
& dans les lieux sablonneux. La derniere allée
basse qui touche au mur d'enceinte est désignée
comme servant aux plantes des montagnes & des
rochers escarpés, & ainsi des autres jardins sépa-
rés : mais tous ces lieux ont changé de forme
comme de destination. Cette grande allée, dite le
Médical, fut le seul endroit où dans la suite on
rangea toutes les plantes pour la démonstration,
& par ordre alphabétique, sur trois rangs de banquettes en amphitéatre de chaque côté. Elles y
étoient aussi numérotées sur le bord des banquettes:

quelques perfonnes s'en rappellent encore. Le grand
enclos, qui devint enfuite la pépiniere, fut enfin
l'école de botanique, & l'eft encore, en confer-
vant improprement fon ancien nom.

Le fiege de Montpellier, fait en 1622, fut une
époque des plus fatales à cet utile établiffement. (31)
Les fureurs de cette guerre inteftine qui fomentoit
depuis long-tems, & qui nous fait gémir fur nos
ayeux, étant venues établir leur théatre fcandaleux
à Montpellier, tout céda au vertige deftructeur;
le temple des mufes ne fut pas plus refpecté que
le fanctuaire de la vraie religion, contre lequel les
traits étoient principalement lancés. La même fureur vengereffe renverfoit d'une main les autels fa-
crés, & de l'autre les bancs du lycée. Les écoles
publiques furent difperfées, le jardin du roi dé-
vafté, l'afyle des pauvres renverfé. O oubli de
l'humanité ! ô malheurs de la guerre ! ô rage ! ô
fanatifme aveugle ! tu nous plonges dans la plus
honteufe barbarie ; chaque fois que ton glaive fe
releve, notre raifon s'anéantit, nos connoiffances
les plus précieufes, les fciences & les arts s'éclip-
fent devant toi !

Quelle dut être dans ce défaftre affreux la dou-
leur de Belleval ! On fe confole de la perte des
plus beaux monumens, qui ont coûté des peines
infinies & de grandes dépenfes, lorfque c'eft le
tems qui les ruine ; mais on doit pleurer leur perte
lorfque ce font des hommes méchans & en fureur
qui les ont détruits. Belleval dut être plus fenfible
encore, parce qu'il vit déranger fon propre ouvrage. Sa vigilance redoubla ; mais il ne furvécut
pas à ce violent chagrin & à l'entier rétabliffement
du jardin. (32) Sa vie fut trop courte, & fon neveu
la prolongea. Martin Richer, chargé de ce foin,
s'y furpaffa ; il foutint parfaitement la réputation

& le zele de fon oncle ; il n'avoit du refte que le même plan à fuivre & fon exemple à imiter.

Il confte que le fecond Belleval continua à donner de nouveaux accroiffemens au jardin royal ; ce qui ne put fe faire fans l'enrichir de quelques plantes. (33) L'enceinte fut bientôt réparée & fortifiée, la culture rendue aux plantes, & la reconnoiffance aux monarques bienfaifans & paçificateurs. Les marques de cette refpectueufe reconnoiffance étoient empreintes fous toutes les formes dans toutes les faces du jardin. Armes de France, & de Navarre, armes des gouverneurs de la province, buftes du roi, de la reine & de fon fils, infcriptions qui n'étoient pas laconiques, mais dignes des princes & des grands qui en étoient l'objet. L'expreffion du fentiment n'eft pas fi étudiée que celle de la flatterie. Le tems qui mutile tout n'en a laiffé que des reftes ; ils furent réparés en 1701, & mériteroient de l'être encore. Le bufte de Louis le Jufte fut élevé en 1640, fur l'arceau qui unit les deux jardins.

Jufqu'en 1705 on ne trouve pas dans le jardin royal d'autres marques de la reconnoiffance publique. Les bienfaits que Louis XIV répandit fur fon jardin, qu'il venoit de reftaurer, firent pofer auffi fon bufte dans la premiere allée, à l'oppofite des trois précédens, avec cette infcription courte & faftueufe qui va jufqu'à l'idolâtrie : *fub hoc numine viget.* C'étoit le goût du fiecle de Louis le Grand : ce qui n'empêche pas qu'on ait pu dire plus d'une fois que la vigueur des plantes s'étoit éteinte avec le regard de la divinité. Les rois ignorent fouvent ce qu'on fait pour eux, & le public eft toujours attentif à ce qu'ils font pour lui. Henri IV avoit rendu le jardin des plantes médicinales de Montpellier très-utile ; Louis XIV auroit pu le rendre

véritablement beau , en y répandant fa magnificence ; il l'auroit vraifemblablement embelli s'il
l'avoit créé.

Il eft probable que ce fut après le défaftre dont
nous venons de parler , ou , peu de tems après ,
peut-être , fous le premier Chicoyneau , qu'on
fuivit l'ordre alphabétique (34) en raffemblant les
plantes ufuelles dans le médical , où elles refte-
rent jufques à ce que la méthode aifée de Tournefort vint faciliter l'étude de la botanique , & en
étendre les limites. Alors on transféra les plantes
dans l'enclos appellé la pépiniere , & on fuivit le
nouvel ordre ; les arbres furent féparés des plantes
baffes , conformément à la méthode de Tournefort.

Ce changement ne fe fit qu'environ l'an 1724 ,
fous le cinquieme des Chicoyneau (35) ; car cette
famille , alliée à celle de Belleval , s'étoit emparée
du jardin du roi & de la chancellerie de médecine
(36) après la mort des deux Belleval ; & elle a
conftamment confervé ces places pendant fix gé-
nérations. Nous l'avons vue s'éteindre dans le dernier rejeton à la fleur de fes ans. On n'a pas vu
fans furprife cette place être fi long-tems héréditaire ; mais ce qu'il y a eu de plus rare dans cet
exemple , ç'a été de voir auffi la fcience héréditaire,
embraffée avec la même ardeur & le même génie,
par trois enfans qui fuccedent à leur pere pendant
fon vivant , enfuite par le fils & par le petit-fils de
l'un d'eux , de celui qui fut élevé à la dignité de
premier médecin du prince le plus chéri de la nation françoife.

Quoique les meffieurs Chicoyneau aient eu
l'intendance & la direction du jardin du roi, depuis
1664 jufqu'en 1758 , l'abfence des uns , la minorité du dernier d'entr'eux , firent nommer par

interim des profeſſeurs de botanique , pris tantôt dans l'ordre des profeſſeurs en médecine , tantôt parmi les docteurs de la faculté. Cet exemple a été ſuivi depuis pour raiſon d'abſence. Le jardin du roi ne perdit rien à ces heureux changemens ; l'émulation à ſe ſurpaſſer procura quelquefois des améliorations & de nouvelles richeſſes. C'eſt ainſi que les Magnol (37) , les Niſſole (38) , les Sauvages (39) , & autres à qui le ſoin de la démonſtration des plantes a été confié en différens tems , ont fait des augmentations plus ou moins ſenſibles ; ils ont tâché d'introduire des réformes qui ne ſont pas toujours ſoutenues.

Nous oſerons le dire , il faut être plus animé du bien public que de ſa propre gloire , pour ſe livrer , dans le cas d'une ſimple ſubrogation , à un genre d'étude qu'un certain public ; que dis-je , que des médecins peu éclairés ou peu conſéquens , ont l'injuſtice de regarder comme futile , tandis qu'ils en connoiſſent l'obligation indiſpenſable dans leur état , pour ſavoir diſtinguer les ſimples les plus ordinaires que la pharmacie emploie. D'ailleurs , dans tout état , le dégoût eſt inſéparable d'une expectative incertaine ; on devient facilement négligent , quand on travaille ſans fruit ou qu'on ne ſupplée que pour un tems au travail d'un autre.

Il ne nous appartient point de ſuggérer des vues ſur les moyens qu'il y auroit à prendre pour rendre la place de démonſtrateur de botanique ſtable , honorable , diſtincte de celle de chancélier-profeſſeur d'anatomie & de botanique ; pour la revêtir d'une autorité qui rendît les jardiniers plus aſſidus à leurs travaux & plus vigilans ; car il faut de certains yeux pour guider certaines mains , plus éclairés , moins prévenus de leur petite ſcience nominale , pour que les éleves fuſſent plus émules les uns des autres , plus attentifs aux leçons , & plus discrets ; pour assurer enfin un état à celui qui s'y livreroit , plus par goût & par devoir , que par pure bienséance. Le modele s'en trouve dans le jardin royal de Paris ; on le trouvera , si l'on veut s'en appercevoir , dans l'université même de Montpellier , où le professeur d'anatomie est secondé par un démonstrateur d'anatomie , où le professeur de chymie fait procéder aux expériences par un démonstrateur de chymie , où le professeur de chirurgie fait montrer aussi la manœuvre de quelques opérations par le dissecteur ordinaire. Eh ! pourquoi le jardin du roi n'auroit-il pas son démonstrateur fixe , qui ne le perdît jamais de vue , soit que le professeur-chancelier fût absent ou en exercice ? Dès-lors plus de démonstrateur d'emprunt , plus d'incertitude pour les cours , plus d'interregne , plus de négligence , plus de plaintes , comme on l'a éprouvé quelquefois d'un concours de soins , entre le professeur en titre & le démonstrateur royal ; il en résulteroit nécessairement un meilleur ordre , & tout seroit à sa place ; les pertes des plantes seroient bientôt réparées , les acquisitions fréquentes , les communications ouvertes , les échanges faciles , la réputation du jardin rétablie , l'impression désavantageuse qu'a laissée , par un enchaînement de circonstances fâcheuses , un état de langueur , dont ceux qui l'ont blâmé , n'ont pas connu la source, effacée pour jamais.

Je suspens ces réflexions , qui se sont offertes sans doute naturellement , comme à nous , à l'esprit des voyageurs & des botanistes qui ont visité ce jardin dans des tems de désordre , sans l'y trouver , disoient-ils. Hélas ! ce jardin si fameux qui devoit attirer une respectueuse admiration , en satisfaisant la curiosité des étrangers , n'a excité , dans quelques

occafions , qu'une indigne furprife. Mais éloignons
des idées fi affligeantes ; nous avons plus à confi-
dérer fon état de fplendeur paffé, qu'un état d'hu-
miliation paffagere. Achevons donc de dire ce qu'il
fut , & non ce qu'il pourroit être : on eft affez
convaincu du poffible.

Jamais la difcipline ne fut , & nous pourrions
ajouter ne put être mieux maintenue dans ce jardin que dans le beau tems de fon origine. Les fecours prodigués par le zele du fondateur du premier jardin médicinal qu'il y eût encore en France;
une nouvelle branche d'inftruction qui s'ouvroit de
la maniere la plus attrayante ; la réputation de
Belleval qui l'avoit précédé dans cette brillante
carriere; tout attiroit vers lui, en lui gagnant tous
les cœurs & les fuffrages. Qu'on fe le repréfente
revêtu d'une autorité qu'il fut foutenir, & qu'il étoit
difficile de ne pas refpecter ; fondateur, maître ,
intendant , légiflateur dans le jardin royal , veillant
à tout , donnant à propos fes ordres , obéi , chéri ;
enfeignant avec un grand fonds de fcience, en fe faifant autant d'amis qu'il acquéroit de profélytes à la
botanique ; enfin tout dévoué à fon ouvrage. Combien la mémoire d'un tel homme ne feroit-elle pas
plus chere aux botaniftes , s'ils pouvoient connoître
jufques où fe portoient fes vues pour leur être utile!
Ses inftitutions ont été malheureufement négligées ,
& fes intentions ont refté dans l'oubli. Il eût voulu,
& il l'avoit ftipulé dans fon teftament qui ne put
avoir fa pleine exécution, qu'on entretînt un nombre
d'étudians en médecine dans le jardin royal , qui
feroit devenu la pépiniere des botaniftes comme
celle des plantes ; il ne refpiroit que pour ces deux
fortes d'éleves. On le vit tantôt entouré d'une jeu-
neffe bien née & ardente à s'inftruire , tantôt fuivi
à la campagne par l'élite de ceux qu'il avoit fu dé-

mêler dans la foule de fes auditeurs , & qu'il s'é-
toit le plus affectionnés. Ce fpectacle dut être vraiment intéreffant dans fa nouveauté, & il n'a été
renouvellé que quand on a imité un fi bon modele.
François Chicoyneau le fils fut fur-tout à cet égard
le digne émule de Belleval. Les jours d'herborifa-
tion de l'un & de l'autre à la campagne , étoient
attendus comme des jours de fêtes; c'étoient autant
de parties de plaifirs , d'où l'on revenoit toujours
plus inftruit en hiftoire naturelle , & toujours plus
avide d'acquérir de nouvelles connoiffances dans
les courfes fuivantes. Cette étude a tant d'attraits ,
qu'on ne peut lui réfifter quand on a pris du goût pour
elle ; c'eft une paffion honnête qui , en amortiffant
les autres , fait éviter bien des écueils à la vertu ,
& dont la fanté retire ordinairement le premier
fruit. Ces exemples prouvent au moins qu'il eft
une maniere d'enfeigner la botanique avec fruit ,
& cette maniere établit la véritable gloire du botanifte.

Nous ne diffimulerons pas que l'enfeignement
dans un jardin public a fes difficultés , & même fes
défagrémens. Ces affemblées font plus tumultueufes
que dans l'intérieur des écoles. Les fujets qui fe
perfuadent devoir former entr'eux une efpece de
république , croient auffi pouvoir fe livrer avec
plus de licence à une forte de diffipation que femble faire naître l'air libre & la difpofition agréable
du lieu. Le profeffeur fent fon autorité prefque
s'évanouir, s'il n'a le rare talent de fixer une attention foutenue , & de ramener fes auditeurs ambu-
lans au filence. Si rien ne reffemble mieux à ces
écoles des philofophes grecs que nos jardins botaniques , rien auffi ne retrace davantage l'éducation
des jeunes Spartiates que l'inftruction furtive que s'y
permettent quelquefois les éleves , & les inclina-
tions

tions larroneffes que plufieurs y apportent ; il eft auffi difficile que défagréable de les réprimer.

Après tant de fervices rendus aux écoles & à la patrie, la mémoire de Richer de Belleval reftoit comme confondue avec celle des anciens profeffeurs. Les honneurs littéraires lui font différés jufques après un fiecle & demi, où deux académiciens de Montpellier, animés du même efprit, entreprennent, fous le vœu de l'académie, de rétablir une mémoire fi chere, & de le célébrer ; l'un, en faifant adopter aux botaniftes un nouveau genre de plante fous le nom de *Richeria* ; l'autre en propofant au concours l'éloge de ce fondateur du premier jardin botanique. Ces honneurs avoient été déférés aux autres botaniftes les plus diftingués de Montpellier. (40) Outre leurs éloges connus, nous rappellerons que ce furent le P. Plumier, Dillen & Catesby, qui concoururent à impofer le nom de *Magnolia* à quatre des plus beaux arbres de la Virginie, de la Caroline & de la Floride, dont l'un qui eft connu fous le nom de Laurier-Tulipier, a plufieurs variétés. Ce genre eft de la Polyandrie polyginie, felon le fyftême fexuel. Boërhaave nomma une efpece de petite geffe fans vrilles de la campagne de Montpellier, du nom du modefte Niffole qui l'y avoit diftinguée, décrite & caractérifée. Linné a donné le nom de *Sauvagefia* à une plante de Surinam & de la Jamaïque, qu'il range dans fa pentandrie monogynie. M. Jacquin gratifia fon ami M. Gouan d'une plante grimpante & polygame de St Domingue, qui ne peut s'élever fans foutien & qui s'accroche à tout. Ce nom, au refte, a été appliqué en dépit de ceux de Bannifter & de Paullin, que la plante avoit déja porté, & il a heureufement prévalu. M. Bruguiere, envoyé en qualité de médecin-botanifte du roi fur la mer du

C

Sud , eft celui qui a eu l'avantage de confacrer en 1775 , à la mémoire de Richer de Belleval , deux plantes extraordinaires , réunies par le même caractere naturel , & connues à Madagafcar , où elles font indigenes , fous les noms de *Candel* & de *Ravenaë.* En établiffant le genre de *Richeria,* M. Bruguiere conferve aux deux efpeces leurs noms vulgaires & indiens. Nous oferons cependant faire une réflexion fur le nom de *Richeria :* elle ne fauroit être défapprouvée de M. Bruguiere lui-même. Il nous femble que le nom propre de Belleval étoit à préférer à fon furnom de Richer , d'autant mieux que ce dernier peut induire en erreur ; Richer eft le véritable nom d'un académicien très-connu , l'auteur des obfervations aftronomiques & phyfiques , faites en l'ifle de Cayenne & en Acadie , où il avoit été envoyé par le roi , & d'où il rapporta quelques plantes. Ses obfervations furent imprimées à Paris en 1693, *in-fol.* Cette homonymie pourroit répandre quelque confufion dans la dénomination du nouveau genre de plante , dont on veut faire hommage à Belleval.

Dans cette efpece de patronage , le hafard a fait appercevoir quelquefois certaines convenances entre la plante dénommée , & le patron à qui on la donne. Nous ne fommes plus aux fiecles où l'on croyoit à la fignature des plantes ; en tout cas , l'affinité feroit bien favorable à Belleval. Le *Candel* pouffe fur fon tronc des rameaux qui retournent en terre , y reproduifent de nouveaux arbres & fe multiplient ainfi à l'infini , en tenant tous à la mere fouche. Le *Ravenaë* fe reproduit par fon fruit cylindrique , qui s'alonge jufqu'à ce qu'il ait atteint la terre ; il s'y enfonce par une extrêmité , tandis que l'autre tient encore à l'arbre ; il fort enfin de deffous terre en fe courbant , & forme un plan

nouveau. Ces rapports ſymboliques , qui convien-
nent aſſez à Belleval , auroient été trouvés fort
heureux dans d'autres tems. Quoi qu'il en ſoit , il
n'en eſt pas moins la ſource de la ſcience ; il forme
un ſucceſſeur de ſon nom ; une famille qui lui eſt
alliée , ſe propage de pere en fils dans la même
place ; il prépare la réputation de Magnol & des
autres botaniſtes illuſtres de l'école de Montpellier
qui , quoique diſperſés , y tiennent encore ; il
excite l'émulation , & c'eſt du fond du jardin royal
qu'il inſtitua , que ſont nés & que ſe ſont enrichis
pluſieurs de ceux qu'on voit en France , & principalement dans la province de Languedoc.

On connoît enfin le promoteur de cet éloge , à
l'inſtigation duquel la ſociété royale des ſciences de
Montpellier l'a propoſé. Ce choix l'honore ; il fait
auſſi l'éloge de ſon goût & de ſes ſentimens. Sa
modeſtie , ſon ſavoir & ſa généroſité , qui ſont au-
deſſus de ſon âge , nous diſpenſent d'en dire davantage ; il aura à ſon tour un rang diſtingué parmi les
botaniſtes de Montpellier (41) & parmi ceux de
la capitale , qui vient de le fixer par différentes
places , & de la maniere la plus flatteuſe.

Je dois obſerver en finiſſant , qu'en crayonnant
quelques traits de l'éloge de Pierre Richer de Belleval , je n'ai pas dû inſiſter ſur celui de ſon neveu.
Martin Richer de Belleval , avec beaucoup de talent pour ſa place , étoit d'un autre caractere que
ſon oncle ; il eut plus d'ambition , il fut plus avide
de gloire & plus heureux ; il ſe vit comblé pendant ſa vie de dignités ; il étoit d'une belle preſ-
tance & d'une phyſionomie heureuſe ; ce qui ajoute
beaucoup dans le commerce du monde , ſur-tout
en relevant le vrai mérite. Il fut le ſecond profeſſeur
de botanique , & de plus , chancelier de médecine,
premier conſul de Montpellier , conſeiller à la

cour des aides de la même ville , & mécene (42) : c'est lui qui doit être regardé comme la souche glorieuse , d'où descend en ligne directe , une famille noble & respectable , qui débuta dans ce pays par des honneurs littéraires , qui s'est illustrée par des distinctions personnelles , & qui se perpétuera dans l'estime publique ; c'est l'espérance qu'on peut fonder sur les deux aimables rejetons qu'on éleve avec tant de soins pour les rendre dignes de la gloire & de la vertu de leurs ancêtres.

REMARQUES.

Page 2. (1) MOnſieur Aſtruc dit dans ſes mémoiー
res , pour ſervir à l'hiſtoire de la faculté de Montpellier , liv. IV , pag. 253 , qu'il y a une délibération dans les regiſtres , qui marque que Richer de
Belleval alla prendre les degrés à Avignon.

Page 3. (2) Notamment avec André Dulaurens
ſon ami , qui étoit , ſelon quelques-uns , docteur
d'Avignon , & qui ſe fit recevoir docteur à Montpellier avant d'en devenir profeſſeur ; ce que M. Aſtruc réfute pourtant. Louis Saporta , Catalan de
nation , docteur d'Avignon , & médecin du roi d'Eſ-
pagne , fut contraint de paſſer pour la troiſieme
fois docteur avant d'être reçu profeſſeur à Montpellier.

Page 3. (3) Garidel , l'auteur de l'hiſtoire des
plantes de la Provence , dit que Henri IV créa ces
deux chaires à la ſollicitation du duc de Montmorenci & de M. Dalibourg , ſon premier médecin ,
(nous doutons que Dalibourg ait été premier médecin du Roi ; il étoit ſans doute l'un des médecins de la cour) auxquelles il nomma P. Richer de
Belleval ; & cela nous paroît plus probable que ce
que dit M. Aſtruc , qui prétend que ce fut par la
faveur de Dulaurens , premier médecin du roi.
Nous obſerverons que cela ne pouvoit être , puiſque
Dulaurens ne fut à la cour qu'en 1598 ; le jardin
de Montpellier étant déja ſur pied : il ne fut médecin ordinaire du roi qu'en 1600 , médecin de la
reine Marie de Médicis en 1603 , & premier médecin de Henri IV qu'en 1606 , après la mort de

Marefcot; il ne fut auffi élu chancelier de médecine qu'en 1603 , après la mort d'Hucher : on lui
déféra cet honneur quoiqu'abfent , & il nomma
fucceffivement deux vice-chanceliers, Dulaurens a
pu être favorable à Belleval auprès du roi , après
l'établiffement du jardin royal , comme on le verra
à la fin de la remarque 5.

L'hiftorien de la ville de Montpellier a répandu
bien plus du louche fur ce fait, lorfqu'il raconte ,
fous l'année 1607, (l. 17 , p. 346) que » l'univerfité de Montpellier reçut des faveurs fignalées du
roi Henri IV, par l'établiffement qu'il y fit d'un nouveau profeffeur pour la botanique , qui fut le fameux André Dulaurens , & d'un autre pour l'anatomie , qui fut Barthelemi Cabrol. « Voilà deux
erreurs manifeftes. Lorfque la chaire de botanique
fut inftituée , la follicitation d'André Dulaurens ,
déja célebre , put y contribuer ; mais ce fut en
faveur de Belleval , qui fut auffi invefti de celle
d'anatomie ; & le chirurgien Cabrol fut feulement le diffecteur ou le démonftrateur royal d'anatomie dès 1595.

Les hiftoriens de Languedoc ont encore affez
mal expliqué cet établiffement , lorfqu'ils ont dit ,
pag. 503 du tom. v , que le roi Henri IV avoit établi
deux profeffeurs à Montpellier , l'un pour l'anatomie , & l'autre pour la botanique. Ils auroient
dû dire que ce roi avoit établi deux chaires ou
deux profeffeurs , l'un pour l'anatomie & la botanique en faveur de Belleval , & l'autre pour la
chirurgie & la pharmacie en faveur de Dortoman.
Voyez à combien d'erreurs a donné lieu la feule
époque de cet établiffement , & ce ne font pas les
feules.

Page 4. (4) Sa réception eft infcrite , dit M. Aftruc, dans les regiftres , de fa main , en ces ter-

mes : *Ego ~~sit~~ Richerius catalaunensis , medicus &*
professor régius , accepi insignia doctoratus in
hac universitate Monspeliensi , anno 1596 , die
20 aprilis, sub R. D. P. Joanne Huchero , cancel-
lario. Voilà qui confirme que Richer de Belleval
étoit déja docteur en médecine d'une autre faculté ,
qu'il fut promu au professoriat à Montpellier avant
d'être docteur de cette faculté , & que ce dernier
titre lui devint nécessaire.

Page 4. (5) M. Aftruc , de qui nous espérions
pouvoir apprendre les choses les plus intéressantes ,
concernant Richer de Belleval , n'a presque écrit
que des calomnies contre lui : il n'a pas été plus
indulgent pour ses successeurs. D'où vient cela ?
C'est que cet historien s'est trop fié aux registres
du tems , auxquels il a encore ajouté ses réflexions
critiques. Nous trouvons heureusement le correctif
à ces imputations dans un manuscrit curieux d'un
ancien docteur de Montpellier , qui nous a été
communiqué , & dont nous jugeons nécessaire de
rapporter en partie le passage touchant Belleval , sans avoir trop d'égard au style. » Il fut
reçu professeur dans un tems de trouble où
l'on faisoit observer à la lettre l'arrêt des grands
jours , & où on privoit des bachalaureats , docto-
rats , cours , examens , triduanes & de la portion de
l'argent des collations du point rigoureux , ceux qui
n'avoient point commencé leurs cours à la saint Luc ;
ce qui occasionnoit des procès continuels & des
divisions entre les professeurs qui se partageoient
les pertes des autres. M. de Belleval y fut mêlé ;
mais faisant avec exactitude & avec distinction
son devoir , il mérita les bienfaits du roi ; ce qui
irrita les autres professeurs contre lui , & lui attira des calomnies dont M. Aftruc s'est rap-
pellé.

C 4

On trouve auſſi , parmi les papiers de meſſieurs les docteurs , des pieces juſtificatives pour Pierre Richer de Belleval :

1°. Lettre C, n°. 21 ; mémoire au roi , ſigné Chicoyneau. Henri IV , par lettres-patentes du mois d'avril 1604 , permet audit Belleval de faire choix & d'élever un jeune docteur pour lui aider en ſes fonctions & lui ſuccéder ; & ſi au cas il arrivoit que le docteur pourvu à la régence & profeſſion dudit jardin royal vînt à mourir avant ledit Belleval , ladite profeſſion anatomique & botanique retourneroit audit Belleval , qui la remettroit à quelqu'autre docteur qu'il jugeroit être capable , & le dreſſeroit & inſtruiroit en la connoiſſance des plantes , comme le premier pourvu..... leſquelles lettres furent confirmées par Louis le Juſte, du 10 novembre 1610....... Il obtint de ſemblables lettres ès années 1622 & 1623.

2°. Sa majeſté , en faveur du mérite de M. de Belleval , pour reconnoître ſes ſoins & ſes peines , & voulant récompenſer ſes travaux , lui augmenta de tems en tems ſes gages pour ſes charges & entretenement du jardin royal , juſques à trois mille livres par année.

3°. Lettre & placet à ſa majeſté pour Belleval , par & au nom de l'univerſité ; le 14 août 1599. *Signés*, Blezin , Squirron , Varanda , Pradilles , Dortoman.

Les quatrieme & cinquieme pieces ſont auſſi en faveur de M. de Belleval ; il eſt vrai , & nous ne pouvons le taire , que la faculté voulant obliger Belleval ſtrictement à tous ſes devoirs , en vint aux voies de fait ; elle députa Jacques Pradilles en 1605 , auprès de Dulaurens , qui étoit à la cour , & pour lors chancelier de médecine , pour obtenir des ordres contre Belleval ; mais ce fut en vain. *Voyez encore la remarque ſuivante.*

Page 7. (6) Les plaintes & les récriminations mutuelles, entre les professeurs & Belleval, dûrent enfin cesser. Il conste par une congrégation , dite *per fidem*, du 29 septembre 1617, dont j'ai l'extrait en bonne forme, que les conseillers des étudians en médecine, donnant alors leur approbation sur les cours de MM. les professeurs, régloient aussi, de concert avec eux, ce qu'ils avoient à faire. Voici ce passage qu'on me saura gré d'avoir tiré de l'oubli : » *Congregati..... pro sta-* » *bilienda disciplina sequèntis magni ordinarii* » *in qua primum audierunt consiliarios studio-* » *sorum dicentes se esse contentos de diligentiâ* » *& prælectionibus D. professorum & doctorum* » *ordinariorum R. R. D. D. &c....... item de-* » *creverunt quod procuratorum munus, hoc anno* » *exercebunt R. R. D. D. Richerius de Belleval &* » *J. Delort, professores regii, &c...... illi verò* » *consiliarii petierunt ut prælectiones, hoc magno* » *ordinario habeantur...... à R. D. Richerio de* » *Belleval, de historiâ humani corporis, horâ* » *septimâ matutinâ...... quod ad demonstrationem* » *plantarum attinet, illius cura habebitur à R.* » *D. Richerio de Belleval, professore botanico,* » *simplicium verò & aromatum quæ habentur in* » *officinis fiet demonstratio ut moris est, &c.....*

N'est-il pas évident, par cette piece authentique, que je tire du compulsoire fait dans les archives de l'université, à la requête de MM. les docteurs, le 31 mai 1765, pardevant M. le juge-mage, & dont la copie m'appartient, que Richer de Belleval ne fut pas toujours si mal venu auprès de ses collegues, ni privé d'une partie de ses émolumens, puisqu'ils lui confioient au contraire leurs intérêts communs, en le nommant procureur ou syndic des affaires du corps ; & puisqu'il est réglé qu'il

fera en fon tems les cours d'anatomie & de botanique, fans qu'il foit queftion d'exemption ou de
fubftitut ?

Je vois encore par une autre congrégation *per
fidem*, du 25 feptembre 1609, faite en la même
forme, que Richer & Dortoman étoient chargés
de la fonction des procureurs de l'univerfité. Et
quant aux cours, il eft dit : *Illi autem confiliarii
ex voto ftudioforum petierunt ut lectiones fe-
quenti ordinario habeantur, ita ut.... R. D. Richerius hiftoriam anatomicam poft habitam demonftrationem fcheleti, horâ octavâ matutinâ....
quod ad demonftrationem plantarum fpectat, illius cura habebitur à R. D. Richerio profeffore
botanico tam in horto regio quam extra. Simplicium verò quæ habentur in officinis fiet ut moris
eft, &c.*

Page 8. (7) » Le duc de Ventadour demanda
aux états de Languedoc affemblés à Pezenas en
1598, une gratification pour Richard (Richer)
Belleval, profeffeur en médecine à Montpellier,
qui avoit établi un jardin de fimples dans cette
ville...... Les états accorderent foixante écus de
gratification au médecin Belleval en reconnoiffance
d'une partie de fes peines, & pour le furplus ils le
renvoyerent au roi, ce prince lui ayant déja accordé une fomme pour la conftruction du jardin
des fimples qui a fubfifté depuis à Montpellier,
où il fait un des plus beaux ornemens de la ville «.
Hiftoire générale de Languedoc, tom. v, p. 487.

Les hiftoriens de Languedoc ne rapportent que
le précis de la délibération qui fut prife à ce fujet. Mais j'ai vu en manufcrit le procès-verbal de
l'affemblée des états cette année-là où la pro-
pofition du duc de Ventadour, la requête de Belleval bien motivée & la réponfe des états font

rapportées tout au long. Cette piece eſt curieuſe.

Belleval expoſoit que l'achapt du jardin lui avoit coûté ſix vingt-deux écus , & qu'il étoit beſoin d'en acheter encore un autre y joignant , duquel on demandoit deux cents écus. Il prioit les états » lui donner moyen payer leſdites ſommes , & pourvoir aux dépens qu'il fera allant par le dioceſe chercher leſdites herbes , & déclarer que ledit jardin demeurera quitte de taille «. Sur quoi il fut conclu que l'expoſant ſe retireroit à ſa majeſté ou aux états , lorſque toute la province feroit unie.

Remarquez que c'étoit dans des tems de trouble où la province étoit diviſée , & que c'étoit mal prendre le moment de grace. Quant à la ſomme en écus dont il eſt ici queſtion , il faut obſerver qu'elle ne pouvoit conſiſter qu'en écus d'or , puiſ-que la fabrication des écus d'argent ne fut, comme on ſait , permiſe qu'en 1641. Ainſi cette ſomme étoit beaucoup plus conſidérable qu'elle ne le pa-roît. L'écu d'or de ce tems-là vaudroit aujourd'hui 10 livres 10 ſols 7 deniers de notre monnoie.

Dans ſon deſſein touchant la recherche des plantes , Belleval rappelle aux états la promeſſe qu'ils lui avoient faite de l'aider dans ſes travaux. » Je ne penſe , meſſieurs , leur dit-il , qu'ayez au-tre volonté pour le préſent , que celle qu'aviez aux pénultiemes états tenus à Pezenas , dans l'aſſem-blée deſquels j'eus l'honneur d'entrer , & de vous propoſer mon deſſein & la dépenſe qu'il conve-noit faire à la pourſuite d'icelui. Vous m'exhor-tâtes à cettedite pourſuite , & promîtes ſecours & aides, laquelle j'implore maintenant «.

Il eſt inconcevable dans quelle ſituation étroite s'étoit réduit notre cher Belleval pour peupler le jardin royal des plantes ; il étoit devenu comme un autre martyr de la botanique. On ne lit pas fans attendriffement la peinture qu'il en fait au même lieu , dans le paffage qui précede celui que je viens de rapporter.

Page 8. (8) Dans les articles accordés par le roi Henri IV , à la province de Languedoc , à l'occafion du don gratuit qu'elle lui fait , en date de Blois du mois de feptembre 1599 , inférés parmi les preuves de Languedoc , T. V , P. 348 & fuivantes , il eft dit que » le prix du fel pour cinq années prochaines , à commencer du premier janvier 1600 , fera de quatre écus pour quintal falin , faifant deux minots , en tous greniers dudit pays de Languedoc. Dans la levée de ces quatre écus font compris huit deniers pour le rembourfement de la fomme employée à l'achapt , conftruction & peuplement du jardin des fimples dreffé à Montpellier , & pour la continuation & entretenement d'icelui «.

Page 9. (9) Soit que l'impôt fur le fel dont il a été queftion dans la remarque précédente ne fuffît pas pour acquitter les fommes que Pierre Richer de Belleval avoit employées , foit qu'il fe fût fait d'autres grandes dépenfes pour l'ornement & l'entretien du jardin royal , Martin Richer de Belleval tacha de récupérer les fommes dont fon oncle avoit fait les avances fous le regne précédent ; mais le monarque qui avoit ordonné l'établiffement du jardin des fimples , le connétable & le gouverneur de la province qui l'avoient tant favorifé , n'étoient plus. Cependant fa demande étant jufte , & Louis XIII ayant autorifé les réparations , il obtint facilement un arrêt du confeil , donné à Fontainebleau le 3 juin 1634 , portant : » qu'il fera payé de la fomme de quarante mille livres à laquelle le roi a réduit & modéré toutes fes prétentions tant pour la conftruction & logement du jardin médicinal à Montpellier , que pour le parachevement d'icelui , & que ladite fomme fera impofée & levée en trois années confécutives , à commencer la prochaine 1635 , fur les contribuables aux tailles de la généralité de Montpellier, &c. «

M. Belleval préfenta requête à ce fujet aux états généraux de Languedoc , M. le duc d'Hallwin étant gouverneur , & les états affemblés à Beziers en 1634 , pour folliciter le rembourfement de ladite fomme de quarante mille livres ; mais il fut encore renvoyé au roi , attendu que le jardin des fimples de Montpellier appartenoit au prince & non au pays , & il fut délibéré n'y avoir lieu à l'impofition requife.

Cette réclamation de Martin Richer de Belleval prouve que fon oncle en fuivant les mouvemens de fon zele pour le bien public , avoit plus fongé à la gloire qu'à fes intérêts. Les difficultés qu'il éprouva pour récupérer les frais qu'avoit faits fon oncle , ne l'engageoient pas à en entreprendre de nouveaux pour l'honneur de la botanique. Les hiftoriens de Languedoc n'ont rapporté qu'en fubftance le refus des états , T. V, P. 607 , & ils ont négligé de faire mention de cet arrêt du confeil qui étoit fi favorable au demandeur. J'ai trouvé cette circonftance , qu'on n'auroit pas dû taire , rapportée dans le procès-verbal des états de cette même année , qui n'eft que manufcrit , & dont la fuite précieufe eft confervée dans la bibliotheque de M. Joubert , tréforier général des états de Languedoc. J'ai cru devoir la tranfcrire à caufe de fon importance. Ces avances n'ont probablement jamais été rembourfées , puifque la famille Belleval perçoit encore une rente que le roi lui a accordée fur les gabelles. C'eft ce qui a fait que les difpofitions teftamentaires de Richer de Belleval concernant le jardin du roi , n'ont pu avoir leur effet. Nous avons la teneur de cet article, mais il eſt trop long pour le tranſcrire. Il y eſt dit que les avances qu'il avoit faites pour les réparations du jardin du roi, ruiné par les rebelles, ſe montoient à environ cent mille francs.

Page 9. (10) Je ne ſais pourquoi Tournefort le ſurnomme Jean. *Horti Monſpelienſis ſecundus præfectus fuit Joānnes Richerius de Belleval. Iſagoge in rem herbariam,* page 49.

Garidel lui donne auſſi mal à propos le même ſurnom.

M. Aſtruc dit au l. IV, pag. 261, de ſes mémoires, » qu'on prétend (& c'eſt d'après un arrêt du conſeil du 13 janvier 1665, rendu en faveur de Michel Chicoyneau, troiſieme profeſſeur de botanique,) que Pierre Richer de Belleval avoit obtenu du roi Henri IV, des lettres-patentes du 9 août 1604, qui lui permettoient de ſe choiſir un ſucceſſeur pour ſa chaire anatomique & botanique. Il uſa de ce droit & nomma ſon neveu pour ſon ſurvivancier, lequel ayant obtenu des proviſions en commandement ſur cette nomination, fut inſtallé le 11 janvier 1623, peu de tems avant la mort de ſon oncle «. M. Aſtruc pouvoit aſſurer ce fait comme très-poſitif à ce compte; le ſecond Belleval devoit être à la bavette, lorſque ſon oncle le déſigna. Il ne pouvoit guere avoir moins de vingt ans lorſqu'il paſſa docteur en 1621; il mourut en 1664, âgé de ſoixante-ſix ans. Qu'on calcule, on verra que lors de l'obtention des lettres-patentes pour la ſurvivance, en 1604, il avoit ſix ans; ce qui conſte par les regiſtres de la faculté.

On a eu dans les MM. Chicoyneau qui firent valoir ce titre, pluſieurs exemples de ces nominations héréditaires, faites preſque dès le berceau. C'eſt un bonheur quand on peut compter ſur l'é-

ducation & les heureuses difpofitions de tels fujets.
Par événement on n'a jamais été trompé dans cette
attente. Ces récompenfes du mérite tranfmis des
peres aux enfans ont été accordées de tout tems
aux armes & à la magiftrature comme aux fciences. Peu de tems avant l'époque dont nous par-
lons, le roi avoit accordé au connétable de Montmorenci la furvivance du gouvernement de Languedoc pour fon fils Henri, âgé feulement de deux
ans & deux mois ; c'étoit en 1597.

Page 10. (11) Il eft figné dans les regiftres, le
premier février 1621, *licentiandus*. Les regiftres
font foi encore que l'acte d'agrégation de M. de
Belleval, coadjuteur de R. de Belleval fon oncle,
eft du 11 janvier 1623, tems où la faculté reprit
fes fonctions après la guerre ; à condition, portent les regiftres, qu'il n'y auroit entr'eux qu'un
même fuffrage. J'ai en mon propre la copie de cet
acte d'agrégation bien légalifée.

Page 10. (12) On peut inférer delà qu'il en
avoit déja quarante, lors de fon inftallation en
1596. C'eft par erreur fans doute qu'on a marqué
fur fon portrait qui eft aux écoles de médecine,
qu'il mourut en 1632. Les deux derniers chiffres
ont été vifiblement tranfpofés l'un devant l'autre. Il
eft probable que Richer de Belleval ne laiffa point
d'enfant. On douteroit même qu'il fût marié, s'il
n'avoit parlé d'une maniere touchante de fa *nom-
breufe*, de fa *populeufe* famille, dans fes remon-
trances au roi & aux états de Languedoc. Il infti-
tua par fon teftament fon neveu héritier, à qui il
laiffa plus d'efpérances que de bien. *Voyez la
remarque* 9.

Page 11. (13) Le titre de ce premier ouvrage
de Belleval nous donne lieu à faire quelques remarques critiques fur les bibliographes qui l'ont

cité avec plus ou moins d'altération, souvent sur
la foi d'autrui & sans l'avoir vu. M. de Haller, à
qui l'on peut reprocher, sans craindre de ternir
sa grande réputation, de n'avoir pas apporté toute
l'exactitude nécessaire dans ses immenses recueils
bibliographiques, n'a pas manqué de comprendre
le titre de celui-ci dans sa bibliotheque botanique,
tom. I, liv. VI, pag. 392, & il l'a tronqué. Il a
marqué *in horto medico* pour *regio* ; il a omis
recens constructo. S'il avoit suivi la bibliotheque botanique de M. Seguier, *pars prima*, pag. 11, il
auroit eu un guide sûr.

M. Eloi, dans son dictionnaire historique de la
médecine, où il a copié les mémoires d'Astruc,
sur l'article de Belleval, ne paroît pas non plus
avoir vu ce livre ; car il marque encore *in horto
medico* pour *regio*. Peut-être a-t-il suivi ici M. de
Haller. Et quand il ajoute que ce livre a 52 planches qui sont mauvaises, il nous paroît s'être encore fié en cela à M. Adanson, qui le dit de même.
Nous ne savons trop comment on a fait cette ad-
dition, & porté ce jugement sur des planches qui
ne nous paroissent pas devoir exister. Le témoi-
gnage de M. Adanson est de trop grand poids
pour être récusé sans examen. Par quelle fatalité
nos recherches nous auroient-elles procuré trois
exemplaires de l'onomathologie bien conservés où
nous n'avons point vu de planches, ni l'occasion
même de pouvoir en placer. Nous avons dit que
c'étoit un simple catalogue. Il ne contient que l'é-
numération des plantes sans description, sans ren-
voi & sans indication de figures.

Garidel & feu M. Seguier, qui ont certainement
connu cet ouvrage, ne marquent point qu'il y eût
des figures.

Dans la bibliotheque physique de la France de
M.

M. Heriffant , où le titre de l'onomatologie fe trouve encore , quoique d'une maniere inexacte , comme on peut le reprocher auffi au P. le Long & à M. de Fontette , auteurs de la bibliotheque de la France , il n'y a point de planches annoncées ; ni dans le catalogue de la bibliotheque de M. Falconet, où ce livre eft marqué au n°. 4366 , d'une maniere abrégée.

Il y avoit d'autant moins lieu à varier fur le titre des ouvrages de Belleval , qu'il n'y avoit qu'une édition pour chacun , & qu'ils étoient autographes, c'eft-à-dire , publiés par l'auteur ; mais ils étoient rares.

Enfin , ce qui confirme que l'onomatologie de Belleval n'a jamais été accompagnée de gravures , c'eft que M. Brouffonet qui a pris la peine de donner une nouvelle édition des opufcules de ce célebre botanifte , d'après les exemplaires de la bibliotheque du roi , n'a fait aucune mention de figures qui duffent faire fuite à l'onomatologie , tandis qu'il a fait graver les cinq qui devoient fe trouver avec l'un des opufcules. On doit favoir gré à l'eftimable éditeur d'avoir remis au jour des opufcules fi rares , & d'en avoir fur-tout procuré une édition fupérieure pour la beauté à la premiere , à part quelques fautes typographiques qui s'y font gliffées.

Page 12. (14) Le favant M. Adanfon qui a porté un regard fi févere & fi judicieux fur tous les ouvrages de botanique , principalement fur les fyftématiques , & qui a répandu un jour fi lumineux pour l'avancement de cette fcience , cite dans fa table chronologique des auteurs de botanique , pag. 9 , l'onomaftikon de Belleval , auquel ouvrage il attribue , comme nous l'avons dit dans la remarque précédente , 52 figures en cuivre qu'il qualifie

D

de mauvaifes ; & il réduit les plantes contenues
dans ce livre à 700 feulement. Venant enfuite à
parler à la page 149 de fa longue & belle préface
à fes familles des plantes, de l'état actuel des principaux jardins botaniques, il a affecté, on ne fait
pourquoi, de ne laiffer fubfifter que 700 plantes en
1763, dans le jardin de Montpellier. Il feroit en
effet le plus mefquin de tous les jardins publics, fi
cela étoit vrai. Mais comment cet auteur exact ne
s'eft-il pas apperçu de l'inconféquence, tandis qu'en
citant, page 30, l'*Hortus Monfpelienfis* de M.
Gouan, publié en 1762, il reconnoît que cet ouvrage fait mention de 2200 plantes qui pouvoient
être démontrées dans ce jardin, ou qui y avoient
été depuis peu ? Dans le *botanicum* de Magnol, on
en compte environ treize cents.

L'appauvriffement du jardin royal de Montpellier a
été encore annoncé avec la même exagération, on
diroit une forte de fatisfaction par un auteur récent
qui écrivoit il y a quelques années au nom de fa compagnie, & qui a rabaiffé le nombre des plantes de
ce jardin à 700 ; ce qu'il a fait, on peut le dire,
avec auffi peu de fondement que quand il s'efforce
de faire paffer le jardin médical de fa ville, pour fu-
périeur au premier, & à tous ceux du royaume,
celui de Paris excepté. La rivalité feroit mieux pla-
cée dans l'émulation à fe furpaffer que dans une
fauffe & ftérile critique. Il faut qu'on fache que,
dans quelqu'état de décadence & d'appauvriffement
qu'ait pu paroître dans de mauvaifes circonftances
le jardin royal de Montpellier, il a toujours été
poffible de le rétablir dans une feule faifon, puifqu'il peut être riche des feules plantes du crû qui
fe montent à environ dix-huit cents. Les exotiques
y font en affez bon nombre, quoiqu'elles puffent y
être en plus grande quantité. Les étrangers ne

paſſent point à Montpellier ſans voir le jardin du roi ; tout le monde n'eſt pas en état d'y voir ce qu'il contient , & le général y voit peu de choſe , parce qu'on n'y remarque pas des choſes frappantes.

Page 13. (15) Je me rappelle qu'on a fait , dans le tems , un reproche à l'auteur de l'*Hortus Monſpelienſis* de 1762 , d'avoir non-ſeulement compris le *cypripedium calceolus lin.* parmi les plantes du jardin , où il n'eſt pas , mais de l'avoir indiqué à la campagne , *in herbidis humidis* , à la Piſſine , où il aſſure l'avoir trouvé lui-même , & qu'un étudiant en médecine l'avoit cueilli au même lieu. Les prés humides ſont certainement les lieux les plus convenables où puiſſe croître cette belle plante bulbeuſe ; mais elle demande les climats froids , comme celui de la haute Provence , où elle ſe trouve dans les montagnes de Colmar.

Nous ſeroit-il permis de haſarder une conjecture pour diſſiper les doutes qu'on a eus , que le *calceolus mariæ* pût ſe trouver ſi proche aux environs de Montpellier ? Cette plante faite pour figurer dans les jardins des curieux , a pu être du nombre de celles qu'on aura cultivées autrefois dans ce lieu de plaiſance. Elle aura été rejettée dans les prés , & comme rare elle aura été enfin extirpée par les botanophiles. Ceux qui pendant leur ſéjour à Montpellier ont fait des herboriſations à la campagne , connoiſſent la Piſſine de réputation , & ſavent que ce lieu de délice appartient à M. le préſident de Belleval , qui en a relevé & embelli l'édifice ſur les fondemens de celui de ſes ayeux.

Page 14. (16) C'eſt ainſi que dans la bibliotheque phyſique de la France de M. Heriſſant , on lit , p. 277 : Deſſein touchant la *récolte* des

plantes, fans indication de figures. C'eft ainfi
que Garidel cite cet opufcule comme étant *in-8°.*
ce qu'avoit fait auffi M. de Haller, qui a corrigé
cette petite faute à la fin du T. 11 de fa bibliotheque botanique. Les opufcules de Belleval feront
déformais plus connus fous le format *in-8°.* par la
belle édition qu'en a donné M. Brouffonet à Paris,
1785, fans nom de libraire, ni d'imprimeur.
(impr. roy.) Nous devons noter que les cinq plantes
gravées à la fuite de ces Opufcules, font le *Gra-
men fupinum Monfpelienfe*, le *Moly zybetinum*,
la *Glycirrhiza trifolia horti dei*, l'Αλπικοπορομμίδῶδις,
l'*Alfine alpina*, ελπιος.

Page 15. (17) L'Efperou eft une de ces montagnes fameufes dans les faftes de la botanique de
Montpellier ; elle eft à 14 ou 15 lieues nord-oueft
de cette ville, & au-delà de la petite ville du
Vigan. C'eft là où l'on va faire d'amples moiffons
de plantes curieufes, où les herboriftes vont cueil-
lir plufieurs de celles qui font véritablement médicinales, telles que la Biftorte, l'Alchemille,
l'Argentine, la Bufferole, les Gentianes, les Digita-
les, le *Meum*, l'Euphraife, la Valeriane, les Aco-
nits, les Hellebores, la Pulfatille, la Veronique,
le Pied-de chat, & une infinité d'autres pour lefquelles il faudroit faire une longue lifte.

Il eft furprenant, depuis le tems que ces lieux
font fréquentés, tant pour l'approvifionnement du
jardin du roi, que par les botaniftes & les éleves
qui s'y rendent prefque tous les ans, qu'on n'ait
pas fongé à donner la relation d'un voyage auffi
intéreffant ; ce que Belleval avoit intention de
faire. Le *Botanicum montis calcaris & horti dei*,
de l'Efperou, de l'Hort-de-Diou, de l'Aigoual &
des lieux circonvoifins, préfenteroit la fuite des
herborifations du Bugey & du Lyonnois, faites

par l'eftimable auteur du *Botanicum Pilatenfe* &
du *Chloris Lugdunenfis* ; ce feroit une extenfion
de la Flore Dauphinoife, que vient de publier M.
Villars, botanifte diftingué ; ce feroit enfin un enchaînement avec la Flore des Corbieres & des environs de Narbonne ', que nous fait efpérer un botanifte inftruit de ce pays , qui a pris fes principes à
Montpellier , (M. J. P.) ce qui , joint au *Botanicum* & au *Flora Monfpelienfis* , déja connus ,
nous donneroit un inventaire affez complet des plantes de la plus grande partie du Languedoc : c'eft
ce que Belleval avoit grandement à cœur. Mais
pour l'exécution de cet itinéraire botanique , l'Efperou & fes environs méritent d'être parcourus
dans différentes faifons ; c'eft le feul moyen d'en
connoître toutes les productions. La régularité des
courfes faites aux mêmes époques , & à-peu-près
fur les mêmes traces , n'y laiffe voir que les mêmes
objets, tandis qu'ils ne peuvent être que très-variés
dans tous les lieux d'alentour & dans une très-
grande étendue de pays entrecoupé par des bois ,
des prairies , de vallons , de fources & de pré-
cipices.

Page 16. (18) Les états généraux de Languedoc
ont toujours été animés du defir de voir naître une
hiftoire naturelle de la province qui en fît connoître exactement toutes les productions : le regne
végétal n'en feroit pas la partie la moins piquante ,
ni la plus brieve ; mais cette hiftoire naturelle de
la province ne peut être traitée avec la même ai-
fance & les même fecours qu'on feroit une hiftoire
politique , civile ou littéraire ; ce ne peut être l'ouvrage d'un feul homme , ni d'un tems limité. Le
favant Aftruc avoit préparé quelques mémoires ;
mais il n'eût jamais pu embraffer lui feul tant d'objets à la fois. En 1726 , les états généraux produi-

D 3

firent un plan pour encourager les travaux des physiciens & des naturalistes, & pour les ramener au même but. Il est beau de voir le goût des sciences s'allier avec les grands talens pour l'administration publique. La société royale des sciences a été chargée, dès son origine, de rassembler des matériaux à ce sujet, & plusieurs sont déja avantageusement connus du public : il est à desirer que cette compagnie trouve bientôt l'occasion de satisfaire sur ce point aux grandes vues des sages administrateurs de la patrie.

Page 16. (19) On ne doit pas inférer de la date de la création de la régence de botanique, que la connoissance des plantes fût négligée avant ce tems à Montpellier : c'est une des premieres études qui s'y soit faite ; avant même la distinction des professeurs & des docteurs, il y avoit des docteurs enseignans, *Magistri*. La doctrine des Arabes y fut principalement adoptée ; on y en trouve encore des restes, & l'on sait combien les simples faisoient le fort de la médecine des anciens. Plusieurs botanistes renommés, qui ont précédé Belleval, se font gloire d'avoir appris à connoître les plantes & leurs vertus à Montpellier. Rondelet, ce coryphée des naturalistes de son tems, n'étoit pas étranger à la botanique ; ce fut sous lui que Lobel & Pena, qui furent de grands botanistes, avoient étudié en médecine à Montpellier ; ils nomment aussi dans leur *Adversaria* un Etienne Barral, qui de leur tems étoit surnommé le Dioscoride de Montpellier. Rondelet étoit d'ailleurs trop lié d'amitié avec cet illustre prélat, auquel les botanistes reconnoissent avoir des obligations, pour n'avoir pas été botaniste aussi. Et ne connoît-on pas encore la Malherbe sous le nom de Dentelaire de Rondelet ? Ceux à qui l'histoire de Montpellier est connue, savent

que je veux parler de cet ancien évêque de Mague-
lone & de Montpellier , ambaſſadeur de François I
à Rome , à Veniſe & à Conſtantinople , qui fut
en toute occaſion le conſervateur des droits , privi-
leges & immunités de l'univerſité de médecine ,
qui fut un des plus zélés défenſeurs de la vraie religion & un objet d'opprobre pour les hérétiques.
(Voyez Gariel , *ſeries præſul* , p. 183.) Ce fut ce
Guillaume Peliſſier , qui ſe promenant à la campagne avec le profeſſeur Rondelet , découvrit à
une certaine odeur d'ail le *Scordium* , qui s'offrit
bientôt à leurs regards ; c'eſt la Germandrée aqua-
tique : il la remit en uſage. On lui doit pluſieurs
autres plantes , comme le *Lithoſpermum Cœru-
leum Peliſſerii* , & cette jolie Linaire des bois ſi
variable , dite *Linaria Cœrulea Peliſſerii* , plante
remarquable par le long éperon de ſes fleurs , à
qui l'on a conſervé le nom de *Peliſſiere* , & que le
réformateur de la botanique a adopté en transfé-
rant ce nom à l'*Antirrhinum Pelliſſerianum*. Ce
prélat ſavant & reſpectable mourut le 15 janvier
1568 , trente ans avant l'édification du jardin botanique de Montpellier.

Les botaniſtes doivent ſe féliciter de ce que le
digne prélat , qui occupe aujourd'hui le même ſiege,
enrichit la Flore de Montpellier , avec autant de
goût que de nobleſſe , en raſſemblant dans ſon
beau parc de la Verune une infinité d'arbres &
d'arbuſtes , dont pluſieurs avoient été inconnus
juſqu'ici à la campagne & dans le jardin royal de
Montpellier.

Nous tirons encore une preuve de la connoiſſance
qu'on donnoit anciennement des plantes aux étudians
en médecine de l'école de Montpellier , d'un des articles de l'arrêt des grands jours tenus à Beziers
le dernier octobre 1550 , qui porte que : » *item* ,

» feront tenus lefdits chancelier, docteurs &
» confeillers députer l'un d'entr'eux docteurs des
» plus idoines & fuffifant pour lire auxdits écoliers
» & montrer oculairement les fimples, depuis la
» fête de Pâques jufques à la fête de la St Luc,
» & lui conftituer falaire compétent, à payer par
» ledit tréforier ; & pour chercher lefdits fimples
» en ladite ville de Montpellier en lieux circonvoi-
» fins, feront aux dépens de ladite bource de-
» putés un ou plufieurs, lefquels y vacqueront le
» plus diligemment que faire fe pourra, « art. VI.
Diofcoride étoit à cet égard l'auteur par excel-
lence qu'on lifoit, qu'on expliquoit, qu'on inter-
prétoit dans les écoles. Que la fcience a changé de
face !

Page 16. (20) Jean Bauhin avoit fait fpéciale-
ment un catalogue des plantes de Montpellier. » Il
eft fouvent fait mention de cet ouvrage dans les lettres de Gefner à Bauhin, imprimées à la fuite de
l'ouvrage intitulé : *de Plantis à divis fanctifque
nomen habentibus, Bafileæ*, 1591, in-12 ; par
fa lettre du 20 octobre 1562, Bauhin marque
qu'il le préparoit : *jam occupor parando catalo-
gum herbarum Monfpelienfium*. On voit par celle
du premier août 1563, que ce favant naturalifte
avoit déja envoyé ce catalogue à Gefner, &
qu'il le lui avoit dédié ; que celui-ci cherchoit à le
faire imprimer, & que ce n'étoit qu'un petit livre.
On ne fait ce que devint cette nomenclature : peut-
être refta-t-elle entre les mains de Gefner, qui
mourut fur la fin de 1565.

Cette notice eft tirée de la bibliotheque phy-
fique de la France de Hériffant, d'après une let-
tré de M. Seguier, fecrétaire de l'académie de
Nifmes.

Page 11. (21) Tournefort, qui rendoit toute

la juſtice due au mérite de Belleval, dit, en parlant de lui & de ſon ouvrage : *qui æternâ luce
digna ſcripta reliquit , figuris elegantioribus
inſignita , ſed hæredum incuriâ , perpetuis ut ita
dicam tenebris involuta.*

Il n'appartenoit qu'à Martin Richer, ſucceſſeur
de Belleval, de produire l'ouvrage de ſon oncle ;
& il l'eût fait ſans doûte, s'il l'avoit connu complet
& en état de paroître : il auroit pu donner au public ſéparément les planches. L'imperfection de
cet ouvrage auroit encore ajouté à ſa célébrité.
Nous ne ſavons ſur quel fondement M. de Haller,
qui tenoit un exemplaire des planches de Belleval
de la généroſité de M. Gilibert, médecin de Lyon,
acquéreur des gravures en cuivre, nous a flatté
dans ſa bibliotheque botanique, t. I, l. VI, pag.
392, que cet ouvrage ne tarderoit pas à paroître
avec la deſcription des plantes ou des remarques
ſur ces figures ; deſquelles il porte d'ailleurs un jugement conforme à ce que nous en avons vu, &
qui en donne une juſte idée. Voici comment il s'explique à ce ſujet :

» *Ejuſdem tabulæ æneæ poſthumæ* 260 *jam*
» *Tourneforτio dictæ quarta forma in manus An-*
» *tonii Gouarin (Gouan) Gnariſſimi herbarum*
» *viri , devenerunt quas, ut ſperamus, cum in-*
» *terpretatione edet. Æri ſunt inſculptæ , rigi-*
» *diuſculæ , cæterum ad naturam factæ. Pluri-*
» *mæ plantæ alpinæ inter eas ſunt , tum cali-*
» *darum regionum cives : inter eas & rariſſimæ ,*
» *& novæ ut gentiana minima Jaquini, lych-*
» *nis umbellifera helvetica , papaver nudicaule*
» *alpinum , campanula minima cl. Allione , pul-*
» *ſatilla anthoioides, alyſſum Gerardi. Nomen*
» *ſpecificum græcum adjecit ; ad morem Pauli*
» *Reneaulme.*

Voyez fur ce nombre de 260 planches, la remarque fuivante. Quant au manufcrit de Belleval, il feroit difficile d'en dire quelque chofe de pofitif. Nous n'ajoutons pas foi à ce qu'on a fuppofé à cet égard; le feul manufcrit qu'on puiffe avouer, eft celui qui contient des obfervations fur la terre de Blois.

M. de Sauvages avoit communiqué à fon illuftre ami, M. le chevalier de Linné, les planches de Belleval, ou peut-être la lifte feulement, comme il confte par le §. 295 du *Philofophia botanica*; mais il n'y eft point queftion du texte : Linné n'a pu juger que des noms grecs & compofés, donnés aux plantes par Belleval; ce qu'il n'approuvoit pas en général; il en a cité feulement 35. Voici le paffage : *Belleval..... rariſſimas icones, quæ non prodiere, incidi curavit, has mecum communicatis à Cl. Sauvagefio, intellexi auctori in animum fuiſſe omnes differentias græcâ linguâ compofito vocabulo exprimere.* La rareté de ces planches n'a pas empêché quelques botaniftes de les citer, pour faire honneur à Belleval des plantes qu'il avoit vues ou gravées le premier, & dont plufieurs ne font pas même aux environs de Montpellier.

Page 18. (22) J'ai fu du vendeur des cuivres, qu'il y en avoit pour deux quintaux; néanmoins j'ai lieu de croire que le nombre des planches qu'avoit fait graver Belleval, furpaffoit de beaucoup celui de 260 ou 261. Je poffede un manufcrit qui a appartenu à M. Niffole & qui me femble avoir été écrit de fa main; ce qui me le rend d'autant plus précieux : il a pour titre, *Icones Richerii de Belleval*; j'y compte 396 noms de plantes en grec, avec le nom latin pour le plus grand nombre. Il eft marqué à la fin de ce manufcrit, que, outre lef-

dites planches , il y en a deux où il n'y a point de
nom ; elles font pour un *in-*4°. le manufcrit en
défigne auffi neuf avec le nom grec & latin de
format *in-folio ;* enfin , il eft dit qu'il y avoit de
plus trois grandes planches , la premiere defquelles
eft de deux pieces qui repréfentent l'entrée du jardin royal , elles....... Ici finit le manufcrit qui paroît avoir une fuite de quelques lignes qui me man-
quent. Il confte donc que Belleval avoit fait graver
410 planches. Cette note fervira , je penfe , à prévenir & à détruire bien des conjectures , & à con-
firmer ce qu'en a dit en dernier lieu l'éditeur des
opufcules de Belleval , pag. 4.

Page 21. (23) Olivier de Serres , qui écrivoit
fon excellent théatre d'agriculture , au commence-
ment du fiecle dernier, en donnant le plan de différens jardins , cite pour la difpofition d'un jardin
médicinal , celui que R. de Belleval avoit fait conf-
truire à Montpellier avec tant d'intelligence , & il
le donne comme le meilleur modele. La fondation
du jardin du roi à Paris ne date que de 1626 ,
fous Louis XIII ; & cet établiffement ne fut fait ,
dit M. Aftruc, l. 11, p. 67, qu'à l'exemple de celui
de Montpellier & par une efpece d'émulation.

Page 23. (24) On a abandonné mal à propos
ce puits à roue, dont l'eau excellente étoit pe-
renne , pour s'en procurer une fouvent intermit-
tente, qu'on dérive de la fontaine du Peyrou , &
dont l'entretien eft très-difpendieux. La mule étoit
plus coûteufe encore , dit-on ; mais on répond , plus
de mule , plus d'aide aux jardiniers pour tranfporter les plantes de la campagne, plus de longues
courfes fans frais , fuppreffion de litiere , diminu-
tion d'engrais , de couverture & de nourriture aux
plantes. D'ailleurs , l'arrofage par des rigoles étant
refté le même , il eft toujours défectueux ; l'eau

dans fa courfe lave la furface de la terre, elle la plombe, elle en entraîne l'*humus* & la couvre de fablon. Par cette mauvaife méthode qu'a infpiré la parelfe ou une économie mal entendue ; car elle n'eft pas comparable à celle de nos jardins potagers, la premiere plante d'une plate-bande eft inondée avant que la derniere ne foit fimplement rafraîchie : la plante des lieux humides peut y manquer d'eau, tandis que celle d'une nature feche eft amplement abreuvée. L'inftituteur avoit jugé avec connoiffance de caufe, qu'une bête de fomme avoit fon utilité dans un tel établiffement, lorfqu'il en fait mention dans l'énumération des fecours qu'il implore dans fa remontrance & fupplication au roi : » l'achat, bâtiment & peuplement de votre jardin, l'entretenement ordinaire de fix hommes & bêtes chevalines pour le tranfport des plantes, &c.......

Page 23. (25) La chaire de chymie ne fut érigée à Montpellier qu'en 1675, en faveur de Fonforbe, docteur agrégé, avec une place de démonftrateur de chymie, que le fieur Matte, dit la Faveur, occupa le premier. A Paris, les deux places de profeffeur en botanique & en chymie furent réunies dans leur inftitution, féparées enfuite lorfqu'on en connut les inconvéniens. Chacune de ces fciences eft affez vafte pour occuper des hommes différens. Lorfqu'il ne s'agit que de favoir ce que les autres ont fu, on peut étudier à loifir de toutes les fciences ; mais il faut s'adonner entiérement à une lorfqu'on doit l'enfeigner.

Page 23. (26) La famille du fieur Banal, qui s'eft fait un nom dans le pays, pour la connoiffance des fimples, compte fix jardiniers qui fe font remplacés au jardin royal : on ignore fi elle date de la fondation du jardin du roi. On aime à fe parer d'un

ancien titre de famille, mais il devient plus flat-
teur encore lorfque par des talens on fe l'eft rendu
propre.

Page 24. (27) Parmi les arbres du jardin du roi,
il y avoit des pins ; ce qui donna lieu fans doute à
une efpece de phénomene qui parut en l'année
1682 ; ce devoit être fous Michel Chicoyneau, le
premier de ce nom , qui fuccéda immédiatement
aux Belleval. J'ai cru devoir donner place ici à
cette anecdote , qui éclaircira un fait qui a paru
bien fingulier à Montpellier , & que les étrangers
y admirent depuis un fiecle. Je veux parler des pins
qui ont crû d'une maniere fi furprenante fur l'une
des tours des remparts au couchant de la ville ,
vis-à-vis le fond du jardin du roi. Je tire cette relation d'un manufcrit , qui a pour titre : Annales de
la ville de Montpellier , depuis 1624 , jufqu'en
1686, par Serres , procureur à la cour des aides.
» Cette année (1682) eft-il dit, fut remarquable
par la naiffance du pin qui eft né de lui-même fur
la troifieme tour des murailles de la ville, en allant
du Peyrou à la porte des Carmes où il eft encore ,
& les foins que monfeigneur de Montpellier (Char-
les de'Pradel) notre évêque , a pris de fon entretien , en le faifant arrofer de tems en tems , & y
mettre de terre, à fait qu'il a fi bien pris racine,
qu'il en eft né deux autres autour de celui-là , ce
qui eft merveilleux de voir naître de lui-même un
arbre de cette efpece fur la tour des murailles
d'une ville , fans que perfonne l'y ait planté.

La merveille s'évanouira quand on confidérera
que des oifeaux , tels que des pies , auront pu
tranfporter du jardin du roi fur cette tour quelque
pomme de pin, & qu'en l'épluchant pour en tirer
les pignons , ils auront laiffé échapper quelques-
unes des amandes dans la terre ; elles y auront

pris d'autant plus facilement racine , qu'elles
étoient fraîches , & que cette forte d'arbre aime
les lieux élevés , le fol aride & fablonneux. Les
foins auront fait le refte. On fait qu'un oifeau
qu'on nomme dans le Briançonnois *Piquerole* , &
qui y eft très-commun , aime fort les pignons ,
qu'il a l'art de les tirer d'entre les écailles des
cônes des pins lorfqu'ils font mûrs ; il fert en cela
à propager cet arbre.

Page 24. (28) C'eft ce que nous apprenons dans
l'éloge de Vaillant par Boërhaave , qu'il a mis à
la tête du fuperbe *botanicum Parifienfe* , publié
par fes foins à Leyde & à Amfterdam en 1727,
in-fol. fig. Il eft fâcheux que l'éloge de Vaillant
ne foit pas forti de la plume de Fontenelle.

Page 25. (29) Voyez-en la preuve à la fin de
la remarque vingtieme.

Page 25. (30) Ce plan eft confervé dans la belle
bibliotheque de M. de Joubert , tréforier général
de la province de Languedoc.

Page 26. (31) L'hiftorien de Montpellier dit
d'une maniere fort vague , liv. 17 , pag. 346 , que
» le jardin des plantes après avoir fubfifté jufqu'au
tems du fiege de Montpellier , fut rétabli après
le même fiege en l'état où nous le voyons encore «.
Cela ne peut être. M. d'Aigrefeuille écrivoit ceci
en 1736 ou 37 , tems où le jardin du roi avoit
bien changé de face , & il a reçu d'autres changemens encore.

Page 26. (32) Pierre Richer de Belleval mourut
en 1623 , nous l'avons dit , nous le répétons pour
avoir occafion de relever encore une erreur , ou fi
l'on veut deux enfemble dans M. de Haller , qui
les avance en parlant de Belleval & du jardin royal:
Eum anno 1604, *extruxerat* , & *anno* 1624, *def-
truðum idem reftituit. Bibl. Bot. tom.* 1 , *liv.*

VI , *pag.* 392. Le jardin du roi étoit en état dès 1598 ; il fut ravagé en 1622.

Page 27. (33) Louvet , auteur contemporain , & d'un abrégé de l'hiſtoire de Languedoc , imprimé à Niſmes , 1655 , *in-*12 , en comprenant l'univerſité de médecine dans l'éloge qu'il fait de la ville de Montpellier , dit , page 122 , qu'il y a un beau jardin royal de ſimples très-bien entretenu par les ſoins de M. de Belleval , conſeiller en la cour & chancelier de l'univerſité. C'étoit le ſecond Belleval.

Page 28. (34) Nous avons tout lieu de croire que dans les commencemens , ſoit qu'on ſuivît l'ordre alphabétique ou non , les plantes étoient démontrées dans l'ordre de leur ſituation qui imitoit celui de leur habitation naturelle. A conſidérer les plantes dans leur état de végétation , & relativement aux beſoins que nous en avons , c'étoit ſans doute le meilleur ordre à ſuivre , ſi ce n'eſt peut-être celui que j'aimerois aſſez de voir établir dans une école publique où l'on préféreroit la véritable inſtruction à la forme. Je veux dire l'ordre des ſaiſons & de l'infloreſcence des plantes , où celui de leur fructification qui eſt leur état parfait. Au lieu de faire 30 ou 40 démonſtrations de ſuite , on les partageroit en quatre cours plus ou moins longs ; & les principes ou la philoſophie botanique ſeroient expliqués dans l'intérieur des écoles. Anciennement on ſe rapprochoit aſſez de cette méthode ; c'eſt ce que j'infere des ſtatuts de l'univerſité de médecine renouvellés en 1634 , ſous le ſecond Belleval. Le quatorzieme article de ces ſtatuts eſt formel. *Plantarum demonſtratio fiet bis in ſeptimana tum in horto regio , tum ruri , à feſto Paſchali uſque ad feſtum divi lucæ.* L'ordre des ſaiſons n'a pas déplu à quelques botaniftes. Simon Pauli l'a fuivi dans fon *quadripartitum botanicum*, & le fameux Dillen dans fon catalogue des plantes de Gieffen. Ce feroit fans doute la méthode la plus commode à fuivre pour apprendre aux éleves à bien connoître les plantes, & pour les démontrer dans leur état parfait.

Page 28. (35) Ce changement dans la diftribution des plantes du jardin royal de Montpellier, que nous attribuons à M. François Chicoyneau le fils, cinquieme de nom, eft confirmé dans l'éloge que fit de ce botanifte, comme académicien, M. Combalufier fon confrere, à la fociété royale des fciences. (Voyez affemblée publique du 25 avril 1743.) » Les plantes du jardin royal de cette » ville, le plus ancien du royaume & l'ouvrage » d'Henri IV, fembloient n'être point foumifes à » cet ordre, (au fyftême de M. Tournefort) & » n'étoient encore diftinguées que par des nume- » ros, lorfque M. Chicoyneau en prit la direction. » Les avantages de la méthode de Tournefort lui » étoient trop connus, pour ne pas fe hâter de » s'y conformer : le jardin royal fut dans peu re- » nouvellé par fes foins, & on ne vit plus à côté » d'une plante à fleur en cloche, une plante à fleur » rofacée ; chacune fut mife avec fes femblables, » & devint par-là plus aifée à reconnoître «.

Page 28. (36) A Martin Richer de Belleval, qui mourut en 1664, (& non en 1644, comme l'a dit par erreur M. Eloy) âgé de 66 ans, fuccéda Michel Chicoyneau fon neveu, natif de Blois comme lui, & qui depuis plufieurs années étoit fon fubftitut, tant pour l'anatomie que pour la botanique ; il n'étoit alors que fimple docteur. Je dois obferver que Belleval laiffoit un fils pour lequel il avoit obtenu le 20 décembre 1660, des lettres-
patentes

patentes en furvivance, qui n'eurent aucun effet ; parce que ce fils n'étoit pas gradué avant la mort de fon pere. Il y en eut même un fecond gradué dans la fuite.

Michel Chicoyneau reçu docteur en 1652, fuccéda en 1659, au profeffeur Durand, dont il eut la chaire ; il devint enfuite chancelier & intendant du jardin du roi. Il eut pour coadjuteur, en 1689, Michel Aimé Chicoyneau fon fils aîné, âgé de 20 ans, qui mourut l'année d'après ; il fe noya en herborifant. Le pere furvivant eût encore pour coadjuteur, en 1691, Gafpard Chicoyneau fon troifieme fils, qui venoit de paffer docteur, âgé feulement de 18 ans, lequel ne mourut pas l'année fuivante, comme on l'a dit ; mais étant infirme, il fit fa démiffion en faveur de fon fecond frere François qui s'étoit deftiné au fervice de la marine. Le roi agréa cette démiffion, comme il confte par les lettres-patentes dont j'ai la copie. Il mourut en 1693, n'ayant que 20 ans. Enfin François, fecond fils de Michel, & frere des deux précédens, paffa docteur en 1693, âgé de 21 ans ; & la même année il obtint des provifions pour les charges qu'il occupa long-tems. On prétend que Vallot, premier médecin du roi, avoit obligé M. Chicoyneau le pere, & que d'Aquin, ce courtifan importun, obligea infiniment mieux le fils.

Ce François Chicoyneau eft le plus illuftre de fa famille. Il fut confeiller à la cour des comptes, aides & finances de Montpellier, comme l'avoit été fon pere. Il devint, par un fecond mariage, gendre de fon précepteur M. Chirac, premier médecin du régent, qui l'envoya au fecours des peftiférés de Marfeille. M. Chirac étant enfuite premier médecin du roi, appella fon gendre à la cour, lui fit avoir la place de médecin des enfans

E

de France ; place qu'il n'occupa que neuf mois. Il
fuccéda bientôt à M. Chirac , & il refta premier
médecin du roi pendant près de 20 ans; il mourut
enfin en 1752 , le 13 avril , âgé de 80 ans. Il avoit
occupé la place du jardin du roi dès 1693 , il la
fit paffer fur la tête de fon fils unique , furnommé
auffi François, qu'il avoit eu d'un premier mariage ,
& qui fut fon coadjuteur & fon furvivancier en
1723.

Celui-ci , le cinquieme des Chicoyneau , fut
rendu digne de remplir les trois places de fon pere
dans l'univerfité de Montpellier , par la meilleure
éducation qu'il reçut à Paris , & à laquelle préfida
M. Chirac. Il mourut en 1740 , âgé de 38 ans ,
& laiffa un fils en bas-âge , nommé Jean-Fran-
çois , que le crédit de fon grand-pere fit défigner
pour fon furvivancier aux écoles de Montpellier.

M. le premier médecin obtint facilement cette
grace , aux conditions que fon pupille n'entreroit
en charge qu'après être reçu docteur. Ainfi Jean-
François Chicoyneau défigné profeffeur de botanique , & chancelier lorfqu'il étoit encore au college des jéfuites à Paris , ne fut reçu qu'en 1758,
l'année de fon doctorat. C'étoit le plutôt qu'il pût
l'être. Il ne jouit qu'un an d'une place qui lui étoit
affurée depuis fon enfance. Il mourut âgé de 22
ans. M. Imbert , profeffeur & gendre de M. Se-
nac, premier médecin du roi , obtint la chancellerie & le jardin du roi fur la fin de 1759. Il eut
pour adjoint en 1773 , M. Barthés, qui a été depuis premier médecin de monfeigneur le duc d'Or-
léans , aujourd'hui médecin confultant du roi &
chancelier en titre.

En donnant la filiation des Chicoyneau , on
s'appercevra que nous avons rectifié , dans le dernier article fur-tout , ce qu'en a dit fi confufément

M. Aftruc à la page 292 de fes mémoires pour la faculté. Ce qui eft d'autant plus furprenant, que nous favons pofitivement que ce favant hiftorien avoit reçu des éclairciffemens à ce fujet d'un des plus refpectables membres de la faculté, ainfi que la réponfe à plufieurs autres queftions qu'il avoit faites. Sans doute que la mort le prévint, il ne put faire ufage des renfeignemens qu'on lui donnoit ; & fon eftimable éditeur n'aura pas recouvré ces papiers dont nous avons la minute, ainfi que les queftions & les lettres de M. Aftruc en nature. Nous pouvons affurer que cette hiftoire de la faculté de Montpellier eft, par cette raifon, très-défectueufe pour les derniers tems, depuis la retraite de M. Aftruc.

Je dois encore faire une obfervation fur ce que j'ai dit que la famille des Chicoyneau s'étoit emparée de la chancellerie. Elle en étoit en effet comme l'apanage, & le jardin du roi en étoit le berceau ; il étoit bien de fon intérêt d'en cultiver la poffeffion.

La faculté de médecine de Montpellier, dite univerfité, a fon chancelier particulier établi de toute ancienneté, & long tems avant la création de la cinquieme régence pour l'anatomie & la botanique, faite en faveur de Pierre Richer de Belleval qui ne fut jamais chancelier, quoiqu'en poffeffion du jardin du roi. Nous avons dit par les notes 3 & 4, que c'étoit Jean Hucher, enfuite André Dulaurens qui l'étoient du tems du premier Belleval. Celui-ci mourut doyen, il l'étoit depuis trois ou quatre ans. Martin Richer, fecond profeffeur de botanique en 1623, ne devint chancelier qu'à la mort de Ranchin en 1641, de ce digne homme qui avoit fi bien mérité de fa patrie dont il fut premier conful pendant la pefte de 1629 & 1630 qu'il a décrite,

& de l'univerfité de médecine dont il fut le ref-
taurateur. Ce fut lui qui réédifia l'amphithéatre
anatomique en 1620. Il étoit dans d'autres bonnes
intentions qu'il avoit manifeftées lorfque la mort
en arrêta l'exécution. Ce fut Ranchin qui, chancelier en 1609, fe mit à la tête de l'univerfité,
fans autre titre que la bienveillance qu'il s'étoit
acquife, & il s'en rendit le chef. Martin Richer
de Belleval réunit la chancellerie à l'intendance
du jardin du roi, & à la cinquieme chaire pour
l'anatomie & la botanique ; ce qui a toujours été
depuis.

A la mort de Martin Richer, la faculté avoit
élu de plein gré Soliniac pour fon chancelier ; (je
le trouve figné avec ce titre dans un acte du 25
août 1664, que j'ai ;) mais le roi le dépofféda de
ce titre, & ce fut en faveur du premier Chicoyneau, (Michel) qui étoit profeffeur depuis 1659,
& à qui fa majefté avoit donné dès le 31 mars
1664, malgré les oppofitions de la faculté, des
provifions en commandement pour la chaire d'a-
natomie & de botanique, avec l'intendance du
jardin royal ; & le troifieme juillet ce profeffeur
reçut encore des provifions en commandement
pour la place de chancelier. Enfin le 7 janvier
1665, on lui accorda un brevet, portant nomination à la charge de concierge de la maifon &
jardin des écoles de médecine, ci-devant occupée
par Belleval. Il remit fa premiere place de profeffeur
à Benoit : ainfi il obtint coup fur coup arrêt fur arrêt, la caffation des nominations faites par la faculté, & il fut maintenu dans toutes fes places
qu'il tranfmit à fes enfans. Etant devenu aveugle,
il fe retira des écoles & mourut en 1701, âgé
de 76 ans, après avoir eu fes trois fils pour coad-
juteurs.

Quant à fon arriere petit-fils, le dernier & le plus jeune des Chicoyneau, qui n'entra en fonction de fes places qu'en 1758, quoique promifes depuis la mort de fon pere en 1740, il fut caufe qu'il n'y eut point de chancelier dans l'univerfité de médecine depuis la mort de fon grand-pere, premier médecin, arrivée en 1752, qui en étoit le titulaire. Ses places furent en attendant ainfi partagées & confiées à d'autres pendant fa minorité. La cour nomma à l'intendance du jardin du roi, M. l'intendant de la province, (M. de St Prieft) M. de Sauvages fut chargé de la démonftration des plantes par un nouveau brevet, qui le confirmoit dans cette fonction qu'il rempliffoit depuis 1740 ; & l'univerfité défigna M. Imbert pour vice-chancelier. Mais madame la veuve Chicoyneau, mere du futur chancelier, eut affez de crédit pour arrêter cette derniere nomination, en prévenant l'expédition des provifions à M. Imbert. Ce profeffeur les obtint pourtant bientôt en plein, en devenant chancelier après le décès du jeune Chicoyneau, & il l'a été jufqu'à fa mort, arrivée au mois d'octobre 1785, réfidant à Paris. ~~Quoiqu'abfent~~, M. Imbert fut auffi réintégré, comme de droit, dans l'intendance du jardin du roi en 1764. C'eft à lui qu'on doit le foin d'avoir difpofé les plantes, felon le fyftême de M. de Linné, car M. de Sauvages & le jeune Chicoyneau n'en avoient eu que l'intention. C'eft donc pour la quatrieme fois que l'ordre des plantes a été changé dans le jardin royal de Montpellier ; preuve qu'on y a toujours cherché à perfectionner le cours de botanique.

J'ai cru que cette remarque ne feroit point trop longue pour ceux qui defiroient favoir comment le cancellariat étoit annexé à l'intendance du

E 3

jardin du roi, & aux places de profeſſeur d'anatomie & de botanique. J'en ai tiré les preuves des
pieces juſtificatives dont je ſuis nanti, & dont les
originaux ſont dans les archives des écoles.

Page 29. (37) Pierre Magnol tient un rang diſtingué parmi les botaniſtes de Montpellier. M.
Aſtruc s'eſt montré peu juſte & peu exact dans
l'article de ce ſavant profeſſeur. Par exemple,
lorſqu'il dit que ſa réputation lui mérita les louanges de Tournefort.... que ce fut à la réputation
de ce grand botaniſte qu'il dut la chaire vacante,
en 1694, par la mort d'André Duranc.... que M.
Magnol ne fut nommé membre de l'académie des
ſciences qu'à la place de Tournefort.... qu'il ſeroit
à ſouhaiter qu'il n'eût pas publié ſon *novus character plantarum*, &c... L'auteur du manuſcrit que
j'ai pluſieurs fois cité, a relevé ces imputations,
en obſervant que M. de Tournefort ne connut pas
M. Magnol par réputation ſeulement, mais
pour l'avoir ſuivi en botanique pendant pluſieurs
années de ſéjour à Montpellier ; il y vint en 1681 :
ce que M. Aſtruc a feint ne pas ſavoir. M. Tournefort ne fut preſque pour rien à la nomination
de Magnol au profeſſorat. Celui-ci dut principalement cette place à l'amitié de MM. Vallot, Da-
quin & Fagon ; ſur-tout à ce dernier. Les deux
premiers avoient connu perſonnellement M. Magnol, & pris une grande affection pour lui. Quant
à M. Fagon, il fut envoyé par ſon oncle à Montpellier pour ſe perfectionner dans la botanique,
ſous M. Magnol, à qui il fut adreſſé. Ainſi M.
Fagon fut l'éleve de ce grand botaniſte, & ſe
montra très-reconnoiſſant aux ſoins de ſon maître.
Magnol avoit d'ailleurs diſputé une chaire en 1667,
il fut un des quatre nommés & préſentés au roi,
mais il ne put être choiſi par ſa majeſté à cauſe

de la religion proteftante qu'il profeffoit alors. Il ne fut nommé qu'en 1694.

Le trait fatyrique qui porte fur le *novus character plantarum* , quoique ce ne foit qu'un ouvrage imparfait & pofthume , eft fi déplacé & fi peu réfléchi , que c'eft l'ouvrage qui , après le *prodromus hiftoriæ generalis plantarum* , fait le plus d'honneur à la mémoire de Magnol , & avec lequel le plus célebre botanifte de nos jours a voulu partager la gloire de l'invention. La méthode calycine paroiffoit fort naturelle & fort fimple aux yeux du grand Linné , qui dit : *Magnol & nos promittimus methodum ex partibus calicis defumptam.* Et c'eft cette méthode qui fait compter Magnol parmi les botaniftes orthodoxes.

J'ajouterai à ces réflexions , que fi Magnol fut le fucceffeur de l'illuftre Tournefort à l'académie des fciences, il étoit digne d'être le rival de fa gloire, & de fuccéder à celui dont il auroit pu corriger la méthode , la perfectionner même s'il n'en avoit compofé une qu'il eftimoit meilleure & plus facile à faifir. Il connoiffoit tous les défauts de la méthode *corolline* de Tournefort , il en relevoit plufieurs dans les préliminaires de fon ouvrage pofthume , non par un efprit de vaine critique , mais pour prouver que le caractere tiré des fleurs, c'eft-à-dire , des corolles ou petales , rendoit la connoiffance des plantes plus difficile. Il crut applanir cette étude par une nouvelle méthode , fondée fur le caractere des calyces. En effet , nous préfumons affez des lumieres de Magnol , pour croire que fa méthode auroit été fupérieure s'il avoit eu le tems d'y mettre la derniere main. Le plan qui nous en refte & qui n'eft , pour ainfi dire , qu'un beau canevas , feroit honneur encore au botanifte qui voudroit le remplir , en y adaptant les genres

& les efpeces de plantes nouvelles que les mo-
dernes ont fi exactement dépeintes & décrites.

Ce que je viens de dire de la méthode de
Tournefort, ne porte aucune atteinte à la célébrité de ce grand homme, qui eft regardé à jufte
titre comme le prince des botaniftes en France.
Mais quelque excellente que foit fa méthode, elle
a fes défauts comme méthode. La nature n'avoue
pas toujours les conventions humaines. Cette méthode, l'une des plus parfaites, a été judicieufement
critiquée par Dillen dans fon catalogue des plantes de Gieffen, 1719.

Quand Magnol publia fon *botanicum Monfpelienfe* en 1676, & en 1686, avec *l'appendix*,
il n'étoit que fimple docteur. Il fut nommé par
M. l'évêque & par l'univerfité en 1687, pour la
démonftration des plantes, en l'abfence de M.
Chicoyneau, premier de nom. Mais il étoit profeffeur lorfqu'il fut chargé, par un brevet du roi,
d'enfeigner la botanique pendant trois ans au jardin royal. Ce fut pendant les années 1694, 95
& 96. A ces époques il augmenta confidérable-
ment le nombre des plantes du jardin. Il paroît
qu'il en avoit reçu plufieurs de M. Tournefort. Il
produifit auffi le catalogue de ce jardin, fous le
titre d'*hortus regius Monfpelienfis*, 1697, & le
dédia à Louis-le-Grand. Nous ne favons dans quel
état de dépériffement pouvoit être tombé ce jardin,
puifque Magnol dit, dans fa préface, l'avoir
trouvé dans une telle pénurie de plantes, qu'il auroit honte de l'y laiffer retomber fi l'on continuoit
de lui en confier le foin. Cette négligence qu'il
paroît reprocher à fes prédéceffeurs, ne pouvoit
provenir que de la mort des Chicoyneau, qui furent trois à fe fuccéder en cinq ans, & des infir-
mités du pere. M. Antoine Magnol, fils du précédent, fut auffi profeffeur en médecine, mais

non de botanique. Il publia en 1720, l'ouvrage
posthume de son pere. (*novus character*, &c.)
Il étoit en commerce de lettres avec M. Chomel,
docteur de Paris, si connu par son traité des plantes usuelles. Lorsqu'il eut reçu de celui-ci son her-
borisation des Alpes en manuscrit, il s'empressa
d'en répandre des copies dans Montpellier. Il étoit
attaché d'une maniere particuliere aux étudians en
médecine qu'il regardoit comme ses enfans ; ils
l'appelloient par reconnoissance leur pere. Son affection n'étoit pas équivoque, ils en recevoient
des secours de toute espece. Son extérieur n'an-
nonçoit pas tant de bontés. Astruc ne l'a pas loué
parce qu'il n'étoit pas son ami.

Page 29. (38) Il y eut des médecins & des
chirurgiens distingués de ce nom à Montpellier.
Guillaume Nissole, docteur en médecine, à ce
que nous apprend un manuscrit que nous avons
eu entre les mains, fut un des grands botanistes
de son tems. Par ses soins il a répandu & natu-
ralisé dans les environs de Montpellier plusieurs
plantes étrangeres, qui auroient rendu défectueux
le *botanicum* de son ami & maître Pierre Magnol, s'il n'avoit fait à ce livre un supplément
qu'il communiquoit avec plaisir aux étudians. Non
content de faire courir ce supplément, il communiquoit aussi à l'académie les plantes qu'il avoit dé-
couvertes & décrites. Dans ses derniers jours, le
roi, pour récompenser son mérite, lui accorda
une pension de 600 livres, d'autant plus flatteuse,
qu'il ne l'avoit pas sollicitée ; c'étoit l'illustre Boë-
haave qui la lui avoit obtenue à son insu. Nissole
fit le cours de botanique au jardin du roi & à
la campagne pendant le séjour de M. Chicoyneau
à Marseille pour la peste ; malgré les protesta-
tions, oppositions & sollicitations, (dit l'auteur

du manufcrit) de M. Magnol, qui vouloit & pré-
tendoit le faire, nonobftant le choix de M. Chicoyneau.

Ces circonftances de la vie de M. Niffole, quoique glorieufes à fa mémoire, ont été paffées fous
filence dans fon éloge, (voyez hiftoire de la fociété royale des fciences, tom. 2,) ce qui nous a
déterminé à les inférer dans cet article que nous
lui confacrons. Nous obferverons pourtant qu'il
doit s'être gliffé quelqu'erreur dans le manufcrit
que nous citons, fur cette prétendue oppofition de
M. Magnol. Si M. Niffole ne fit la démonftration
des plantes que pendant la pefte de Marfeille, &
en l'abfence de M. Chicoyneau (en 1720), M.
Magnol ne pouvoit s'y être oppofé, puifqu'il mourut en 1715. Si M. Niffole avoit été défigné pour
remplir cette fonction dans une autre occafion
entre les années 1697 & 1715, M. Magnol auroit pu avoir quelque droit d'approuver cette nomination, puifque M. Fagon, premier médecin du
roi, lui avoit obtenu le brevet, fa vie durant, d'inf-
pecteur du jardin royal.

Nous devons faire remarquer auffi que Niffole
avoit formé le projet de faire connoître toutes les
plantes de Languedoc; il fuivoit celui de Belleval.
M. Aftruc avoit conçu un plan plus vafte encore,
& aucun n'a été exécuté. Niffole mourut en 1734,
âgé de près de 87 ans.

Du refte, M. de Linné ne nous paroît pas jufte
d'avoir retranché le genre de *Niffolia*, établi par
Boërhaave, approuvé de Tournefort, & de l'a-
voir confondu avec les *Lathyrus* dont la priva-
tion des cirrhes le fépare naturellement : d'autant
mieux que M. de Linné étoit dans ce bon prin-
cipe qu'il faut rendre & conferver à chacun les
honneurs qui lui font dûs. C'eft ainfi qu'il s'en

explique dans ſa philoſophie botanique , nᵒ. 238 :
*nomina generica , ad botanici optime meriti me-
moriam conſervandam conſtructa , ſanctè ſer-
vanda ſunt. Hoc unicum & ſummum præmium
laboris ſanctè ſervandum , & caſtè diſpenſandum
ad incitamentum & ornamentum botanices.*

M. Jacquin a réparé amplement cette ſouſtrac-
tion de l'ancien genre de *Niſſolia*. Indépendam-
ment du *Lathyrus Niſſolia* qui le repréſente , il
en a créé un par la réunion de deux eſpeces de
plantes américaines à fleurs légumineuſes , dont
l'une eſt un arbre , & l'autre une plante frutiqueuſe.
M. de Linné n'a pu ſe refuſer à adopter ce nouveau genre ſi légitimement établi.

Page 29. (39) M. de Sauvages , l'honneur des
écoles de médecine de Montpellier , ne fut ni chancelier , ni intendant du jardin du roi , ni profeſſeur
de botanique en titre , quoiqu'il eût mérité tous
ces rangs dans d'autres tems : il enſeigna la botanique par commiſſion (voyez la remarque 35) en
1740 , alternativement avec M. Fitz-Gerald , ſon
collegue , qui mourut en 1748. Alors M. de Sauvages
enſeigna , tantôt conjointement avec M. Chaptal ,
docteur en médecine & praticien renommé , & tantôt ſeul , & il enſeigna toujours d'une maniere digne
de lui & d'être ſuivie. En 1752 , il fut continué par
un autre brevet , avec le titre de profeſſeur de botanique pendant la minorité de celui qui devoit occuper cette place. Dans cette circonſtance , il fit
conſtruire une ſerre , en profitant des débris de
celle du fameux château de la Moſſon ; c'eſt l'unique qu'il y ait , & qui , quoiqu'aſſez peu avanta-
geuſement ſituée , devenoit néceſſaire pour renfer-
mer pendant l'hiver les plantes exotiques ; les
graſſes ſur-tout , trop ſenſibles à la gelée , dont le
nombre s'augmentoit chaque jour par ſes ſoins &

par une correspondance des plus étendues avec les principaux savans & les botanistes de l'Europe. Je n'en dirai pas davantage sur ce savant si connu, parce qu'il y auroit trop de choses à dire à sa louange. On me passera la vanité d'annoncer que je m'étois attiré ses bontés pendant que je faisois mes cours sous lui. On ne sauroit rien ajouter d'ailleurs à la juste idée qu'en a donnée l'historien de l'académie, auteur de son éloge, inféré dans l'édition de 1768, en 2 vol *in-*4°. de la Nosologie méthodique.

Page 33. (40) Le pere Plumier nomma du nom du professeur Rondelet, un joli arbuste d'Amérique, auquel on en a associé depuis trois autres découverts au Malabar. Le genre de *Rondeletia* est dans la Pentandrie monogynie, pour parler le langage des botanistes linnéens.

Page 35. (41) La botanique de Montpellier peut revendiquer, parmi ses plus illustres nourriçons, feu M. Commerçon de Bourg en Bresse, docteur en médecine, & c'est à bon droit ; car, pour être compté à ce rang, il s'étoit aguerri aux fatigues & aux périls qu'il bravoit avec autant de courage que de force de tempérament. Il eût été difficile d'opposer des barrieres à son ardeur pour la recherche des plantes ; il en cherchoit par-tout, & sur-tout où il savoit devoir en trouver en nature ou préparées dans des herbiers ; il n'oublioit rien pour en avoir connoissance & s'en procurer. Il auroit pu décorer plusieurs savans distingués & les amis particuliers qu'il avoit dans tous les ordres, par la dédicace de quelque plante nouvelle dont il avoit fait une si ample moisson dans ses voyages autour du monde, si une mort prématurée ne l'avoit enlevé aux sciences avant qu'il eût rédigé & mis en ordre ses nombreuses observations d'histoire naturelle, je dirois presque de tous les genres, physiques, morales , politiques , littéraires ; car il embraſſoit tout , & principalement ſes deſcriptions des plantes , dont la quantité qu'il avoit annoncée , paroiſſoit étonnante. Ce ſavant d'un ordre peu commun , mourut à l'Iſle-de-France en 1773. Nous oſons revendiquer auprès de ceux qui poſſedent ſes précieux manuſcrits & ſes plantes préparées ou deſſinées , la nomination d'un genre nouveau en faveur des Chicoyneau , qui , enſemble & en particulier , ont bien mérité de la botanique , & que M. Commerçon lui-même n'eût ſans doute pas oublié.

Page 36. (42) Parmi les faveurs dont jouit Martin Richer de Belleval , on doit compter celle d'avoir obtenu en 1634 , l'agrément de commettre le doƈteur André pour ſon ſubſtitut aux démonſtrations des plantes ; ce qui a ſervi de titre à preſque tous ſes ſucceſſeurs. On peut mettre au même rang le privilege dont le roi le gratifia la même année 1634 , lui & ſes ſucceſſeurs , intendans du jardin du roi à perpétuité , en lui faiſant don des terres , des égouts & foſſés de la ville , pour améliorer le terrein dudit jardin royal , ſans qu'on pût en exiger de redevance ni paiement ; privilege qui retraçoit les bontés & l'attention du roi Louis XIII pour ſon jardin , & qu'on a négligé de faire valoir malgré ſa grande utilité.

L'arrêt du conſeil dont nous avons parlé dans la note neuvieme , eſt encore bien favorable à Martin Richer de Belleval.

Enfin , étant profeſſeur en médecine & de botanique depuis 1623 , il fut nommé chancelier en 1641 , à la mort de Ranchin ; il eſt le premier qui ait réuni les trois places auxquelles ſa majeſté a toujours pourvu depuis , ſavoir : l'intendance du jardin royal , qui étoit à la nomination du roi, la cinquieme régence d'anatomie & de botanique , qui n'a jamais été mife au concours comme les autres chaires , & le cancellariat qui avoit été à la pluralité des fuffrages pendant 440 ans. M. R. de Belleval eut encore l'honneur d'être élu premier conful de Montpellier en 1645 , nommé d'abord par le roi & par lettre de cachet du 14 février , & confirmé par arrêt du confeil du 16 mars. En 1652 , il fut reçu confeiller à la cour des comptes & des aides réunies. Le médecin Graindorge lui dédie en 1658 , comme à une perfonne de la plus grande confidération , un livre qui a pour titre : *in fiᵭilem figuli exercitationem de principiis fœtus animadverfiones Narbonæ , in-8°.*

Dans la filiation des Belleval jufqu'à nos jours, nous trouvons en ligne direᵭe , George de Belleval , fils de Martin Richer , reçu confeiller en 1696 , 12 ans après la mort de fon pere , puis préfident en 1688....... Gafpard de Belleval , fils de George , eft fait confeiller en 1700 , puis préfident en 1715....... Monfieur Jofeph-Philibert de Belleval fuccede à fes ayeux , eft reçu confeiller, puis préfident, enfin honoraire ; il eft heureufement vivant.

F I N.

www.ingramcontent.com/pod-product-compliance
Lightning Source LLC
Chambersburg PA
CBHW060443260626
47161CB00005B/2045